品嘗好書　冠群可期

魔法人偶

江戶川亂步

晶冠文化出版社

目錄

魔法人偶

少年偵探⑰

魔法人偶

江戸川亂步

腹語術

就讀小學六年級的宮本綠和五年級的甲野留身，手牽著手走在回家的路上，兩人來到赤坂見附的公園。這個公園位在學校和兩人住家的半路上，是一千平方公尺大的小公園，公園綠意盎然，三分之二是草地，三分之一是砂池，砂池上有盪鞦韆和溜滑梯，草地周圍則有搭蓋屋頂的休息場所及長椅等。

平常總是有很多小孩在這裡玩盪鞦韆和溜滑梯，但是，不知道為什麼，這一天卻看不到任何一個小孩，草地上也沒有人。

「真是冷清，今天是怎麼一回事啊？」

小綠覺得很奇怪的說著。小綠身材高大，有著一張圓臉，臉上充滿光澤，是個活潑堅強的孩子。

「可是那裡有兩個人，一個老爺爺，一個小孩……」

留身用手指著一個方向。

留身和小綠相比，身材比較嬌小，看起來就像人偶一樣，有著一張娃娃臉。

「真的耶！因為在角落，所以沒有發現。那個老爺爺的鬍鬚好漂亮哦！」

看起來是個很溫柔的老爺爺，於是兩個人就朝他走去。

老爺爺坐在大樹下的長椅上，長長的白鬍鬚垂掛在胸前，穿著灰色的西裝，戴著小小的鴨舌帽。從鴨舌帽的下方可以看到白色的頭髮，眉毛和鬍鬚全都又長又白。

老爺爺的膝上坐著一個五、六歲大的可愛男孩。這個孩子穿著格子西裝，同樣戴著鴨舌帽。臉頰就像蘋果一般的紅，大大的黑色眼睛正骨碌碌的轉動著。

看見兩名少女手牽著手走過來時，白鬍子老爺爺笑了起來。他戴著

黑邊眼鏡，瞇著眼睛，溫柔的說道：

「咦！是可愛的小姑娘耶，小傢伙，要不要跟她們做朋友呢？」

老爺爺對著坐在膝上的男孩問道。

小男孩黑色的眼睛骨碌碌的轉動著，紅色的嘴巴一開一閉的說話。

「嗯！我喜歡這個姊姊。」

他的聲音十分清脆，但是，嘴巴和眼睛看起來太大了。當鮮紅的嘴唇張開時，好像裂開到耳朵似的。雖然可愛，卻很奇怪。

「你說的姊姊是指這個孩子嗎？」

老爺爺用手指著留身。

「嗯，是啊！」

小男孩用清亮的聲音答道。

「哈哈哈……。小傢伙喜歡妳呢！妳叫什麼名字啊？」

老爺爺笑著問她。

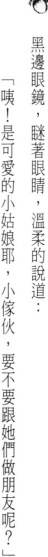

留身一聽到男孩喜歡自己，立刻面紅耳赤，很羞澀的回答道：

「我叫甲野留身。」

「哦，留身哪！好名字。我是住在青山的黑澤。小傢伙，這個姊姊叫做留身呢！」

「嗯！我要和留身握手。」

小男孩張大嘴巴說道。

「哈哈哈……。小傢伙想要和妳握手呢！」

男孩的小手，朝留身伸了過去。

聽到自己被喜歡，留身也對這個小男孩產生好感，於是伸出右手握著男孩的小手。

咦！他的手有點冰涼又有點硬，就好像用木頭做的一般，一動也不動。握著他的手，他卻不會回握自己。留身很驚訝的鬆開了手。

她露出奇怪的表情看著小男孩。這個小男孩到底是活人，還是用木

頭雕成的人偶呢？這時老爺爺笑著說道：

「哈哈哈……。妳知道了吧！這個小傢伙是人偶，他叫做傑克。對我而言，他是很重要的可愛人偶哦！」

「哦！我知道了，老爺爺是腹語術師，代替小男孩說話。老爺爺嘴巴沒有動，可是卻能夠模仿小孩的聲音說話。」

小綠說道。她曾經和父母到雜技場看過腹語術的表演，但是，當時從一開始就知道那是人偶。可是老爺爺的人偶栩栩如生，看起來就好像是真的小男孩一樣，所以先前兩人都沒有察覺。愈看愈覺得它像是個活的人偶。

「是啊！妳非常了解嘛！這和普通的腹語術人偶不同，是我精心製作的上選人偶，所以一般人都不會發現。妳真是個聰明的女孩，妳叫什麼名字啊？」

「我叫宮本綠。這個人偶是老爺爺做的嗎？」

「嗯！我是人偶師，製作人偶是我的本行。腹語術則是打發時間學會的。可是我說得還不錯吧！」

「嗯！簡直就像是這個小男孩在說話似的。」

「我的右手從人偶的衣服下面伸進它的背部。人偶的脖子有機關，只要拉扯那裡，人偶的眼睛就會動，嘴巴也會一開一閉的。妳看，又開始說話了……」

當老爺爺這麼說的時候，小男孩的眼睛真的開始轉動，而且鮮紅的大嘴也開始一開一閉的。

「留身姊姊和我玩，我很喜歡留身。我不是非常喜歡小綠，所以，我要和留身說話。我的爺爺是製作人偶的專家哦！爺爺家裡有很多人偶哦！有男人、女人，有女孩，有像我這樣的男孩，還有動物哦！有熊，有猴子，有狗，有貓……」

好像正在計算似的，大大的眼睛不斷的轉動著，真是個可愛的小男

孩。

留身看著他的臉。雖然知道它是人偶，但是，仍然十分喜歡這個小男孩。而且聽到白鬍子老爺爺是製作人偶的專家，因此，也很喜歡這個老爺爺。很想看看老爺爺家裡的許多人偶。

「有美麗的女孩人偶嗎？」

「嗯，有啊！穿著友禪綢（染上花、鳥、山水等花紋的一種綢子）的長袖衣服、綁著金線織花錦緞帶子，是個很溫柔的姊姊，而且她還會用溫柔的聲音唱歌哦！」

「會唱歌啊！人偶會唱歌嗎？」

「嗯！我的爺爺是專家嘛！他會製作裝有機械的人偶。會唱歌、會說話、會走路，姊姊人偶全都是活生生的，我也是活生生的吧！」

留身眼中閃耀著光輝，聽著小男孩人偶所說的話。真的很想到老爺爺的家裡去看人偶。

這時小綠說道：「等一下。」牽起留身的手，把她帶到一旁去。

「我們該回去了。會說話、會走路的人偶讓人覺得有點可怕，還是回去吧！」

雖然小綠輕聲勸告，但是，留身不聽她的話。因為她非常喜歡老爺爺，而且人偶說它只喜歡留身，所以，她想小綠可能在吃醋，故意說一些壞話。

「我還想聽小男孩說話。小綠，妳先回去吧！」

留身說著甩開了小綠的手，回到長椅前。

小綠等了一會兒之後，沒辦法，又把留身拉到較遠的地方，勸她回去。但是，留身卻怎麼也不肯答應，最後兩個人終於吵架了。

「那我先回去了。」

小綠說完之後，很快的離開了公園。

活生生的人偶

留下來的留身，在白鬍子老爺爺的邀請之下，前往老爺爺的家。

「就在附近。公園外面有車子在等著，所以不用擔心。吃晚飯之前會送妳回家。」

老爺爺用溫柔的聲音說道。

仔細想想，說腹語術的老爺爺竟然讓車子在外面等著，而自己卻坐在公園的長椅上，這不是很奇怪嗎？

留身應該要更小心一點才對。即使是很慈祥的老爺爺，但是，怎麼可以跟第一次遇到的陌生人回去呢？

不過，留身實在很想看會唱歌、會走路的人偶，所以，並沒有考慮到這麼多。

老爺爺抱著小男孩人偶往前走，留身則跟在身後。公園的出口，停著一輛華麗的汽車。當老爺爺走過去時，駕駛趕緊下車打開車門。

把小男孩人偶放進車裡，老爺爺和留身坐在後座。汽車立即往前開去，在巷道裡轉了幾個彎，持續前進。終於來到了留身完全不認識的陌生街道。她開始有點擔心了。

「老爺爺，還很遠嗎？」

「就快要到了。」

這句話問了好幾次，但是，車子一直沒有停下來。先前老爺爺說：「我是住在青山的黑澤。」公園是在赤坂見附的附近，到青山應該不是很遠，然而汽車卻已經開了二十多分鐘。這時留身應該要起疑才對，難道她沒有聽到老爺爺說自己住在青山嗎？

大概又過了十分鐘，車子終於停了下來。這是像原野一般的荒涼地

方。在原野的草叢中，有一棟古老的一層樓木造洋房。

「這就是我家。」

老爺爺走下了車子，右手抱住小男孩人偶，左手牽著留身的手，走在草叢中。

「留身呀！這個小男孩真的會走路哦！你看！」

老爺爺得意的說著，就將右手抱著的人偶放在地上。結果發生了什麼事呢？哇！小男孩人偶並沒有倒下來，就好像上了發條似的，以奇怪的姿勢蹣跚的走了起來。

「留身快一點，就在這裡。」

小男孩人偶邊走還邊開口說話，就好像是活生生的人偶似的。這當然也是老爺爺的腹語術。

老爺爺從口袋裡掏出大鑰匙，打開了正門。兩個人和一個人偶走進門內。入口的門砰的關上時，留身感到身體發冷，有一種難以言喻的恐懼感，真後悔自己為什麼要到這種恐怖的地方來。

「老爺爺，我已經不想看人偶了，我想回家，讓我回家。」

留身這麼說的時候，老爺爺慈祥的笑道：

「哈哈哈……。妳在說什麼啊！馬上就可以看到有趣的東西囉！不要這麼說。到這裡來。」

他仍然握著留身僵硬的手，走到微暗的走廊。因為是黃昏，屋裡變更暗了。打開走廊的門，進入房間，房間一片漆黑。後來才知道，這個房間的窗子全都拉上了黑絲絨的窗簾。

「在這裡等著，我去點蠟燭。」

老爺爺說著，拿出火柴，點燃擺在桌上的蠟燭。老舊的燭台插著三根蠟燭，紅色的光芒照亮房間。

留身在微光中看了房間一眼，不禁「啊」的大叫著，頓時呆立在那裡。這個房間很大，四面牆邊不整齊地站著穿西服的人、穿和服的人，

還有赤裸的人。

這裡怎麼住了這麼多人呢？她起先感到很驚訝，後來仔細想想，這些全都是人偶。人偶朝著對面或這裡，只是呆立在原地，一動也不動。這些做得十分精巧的人偶，看起來都像是活人一樣。

許多人偶一動也不動的陳列在那裡，反而讓人覺得有點可怕。看了之後，十分嚇人。

「啊！留身，你想看穿著長袖和服的姊姊嗎？現在我叫她來。」

老爺爺說道。他按下桌旁許多按鈕中的一個。

這時，房間對面角落的門無聲無息的打開，美麗的女子出現了。十七、八歲的美麗女子，頭髮梳成島田髻，穿著長長的友禪綢和服，綁著金光閃閃的金線織花錦緞帶子，靜靜的朝著這裡走了過來。

留身從來沒有看過這麼美麗的相貌，只是呆呆的張著嘴巴看著她。

美麗的女子，以小碎步慢慢的朝這裡接近。愈接近，就愈覺得她很美，和服及帶子更是閃耀著光芒。

「啊，有客人哪！真可愛。是哪一位啊？」

人偶張開小小的嘴，露出白皙的牙齒。有著長睫毛的黑色眼睛，不斷的眨著。

「她叫留身。她想見妳，所以我帶她到這裡來。」

老爺爺說道。

「哦！妳叫留身啊！我們一定會相處得很好。」

聽到這麼好聽的聲音，這真的是人偶嗎？這麼美麗的聲音，難道也是老爺爺的腹語術嗎？留身真的無法相信。

「哈哈哈……，妳很驚訝吧！怎麼樣？我真的很會做人偶吧！留身看到這麼美麗的姊姊，一定很想跟她一起玩吧！不，應該說，留身可能也想成為這樣的人偶吧！哈哈哈……，我也可以把活人變成人偶哦！」

聽到他這麼說，留身嚇得毛骨悚然，臉色霎時變得蒼白，全身不斷

的發抖。

可怕的魔法

「我……我不要成為人偶。」

留身用顫抖的聲音說道。

「不要嗎?但是，也許妳真的很想成為人偶哦!到那裡去，和那個姊姊人偶一起玩。紅子，把留身帶到妳的房間裡去吧!」

姊姊人偶叫做紅子。

紅子按照老爺爺的吩咐，牽著留身的手，回到自己的房間。

房間裡面有梳粧台、美麗的衣櫥，還有放在玻璃盒裡的人偶等美麗的裝飾品，是非常漂亮的房間。這裡的窗子也拉上了黑色的窗簾，桌上的燭台已點著燭火。

紅子讓留身坐下，自己也坐在留身的身邊，以溫柔的表情看著她。

「姊姊真的是人偶嗎？應該不是吧？妳是活人吧？」

留身剛剛就覺得很不可思議，因此這麼問。

「咦！活人？只能說一半是活著的，一半則已經死了，是真正的人偶。」

紅子說出令人莫名其妙的話，留身嚇了一跳，不由得一直盯著紅子的臉猛瞧。

「呵呵呵呵……。我說的不對嗎？但是真的只有一半是活著的。現在老爺爺不在這裡，所以妳知道，我說話的聲音並不是老爺爺用腹語術說出來的。我會走路，身體也會動，並不是裝了什麼機械，我是自己會動的。」

「那麼，妳是活人啊！為什麼又說一半死了呢？」

「留身，妳想知道我的身世嗎？」

「嗯！」

留身眨眨眼，一直看著紅子美麗的臉。

「我在很久以前就認識這個老爺爺，但是，兩週前才來到這裡。妳知道我為什麼要到這裡來嗎？有一次老爺爺一直看著我的臉，對我說：『紅子啊，現在是妳一生中最美麗的時候。』我自己也這麼想，因此，喃喃自語的說著：『我不希望變老，希望一直都維持現在的樣子，不要變老。』

於是，老爺爺露出奇怪的笑容，對我說道：『我可以讓妳不會變老哦！』我問他：『你要怎麼做呢？』他說：『到我家來，我可以讓妳擁有現在的年輕美貌，永遠不會變老，因為我是魔法師。』當時我並不在意被別人施以魔法，只希望一生都美麗。於是在老爺爺的說服之下，就變成這個樣子了。」

這個樣子是什麼樣子啊？留身完全不了解。

「老爺爺是個像魔法師一樣的發明家，他發明了很神奇的藥物，吃了這個藥物，人的身體就會逐漸變硬，變成人偶。留身，妳知道嗎？我就是因為這個藥物而變成一半的人偶，妳摸摸看這裡。」

紅子伸出雙手，留身摸她的手。咦！摸起來硬硬的，非常光滑，而且非常冰涼。這是怎麼一回事呢？

就好像在土上塗抹了胡粉（用貝殼做成的白色顏料，做日本畫時可以使用），然後再將人偶的皮膚磨光一樣。留身嚇了一跳，趕緊縮回手來，覺得很不舒服，不禁流下眼淚。

「來，現在妳摸看看這裡。」

紅子把美麗的臉龐靠近留身，伸出右臉頰。留身摸摸她的臉頰，和手一樣又冰冷、又硬、又光滑，並不是活人的皮膚。

「知道了嗎？就這樣，皮膚漸漸變硬，最後連裡面也會變硬，然後就無法呼吸、無法說話了。也就是從人變成人偶。但是，我可以永遠年

輕美麗。人總是會死，我不要活得很久，最後變成滿臉皺紋的老太婆。雖然成為人偶，不過卻可以保有現在的年輕。現在妳還小，不了解我這種心情。」

留身目不轉睛的看著紅子的臉，聽她說著奇怪的話。留身當然能夠了解紅子的心情，但是因為有些了解，反而更加害怕。

留身覺得好像在做惡夢，胸口似乎吹進了冷風，眼睛含著淚水。

這時，身後傳來微微的聲響，留身嚇了一跳，回頭看一看。不知何時，魔法師老爺爺微笑著站在身後。

「留身，想不想變成像姊姊一樣的人偶呢？留身如果變成人偶，一定非常可愛。」

留身聽他這麼說，嚇得背脊發涼，從椅子上站了起來。

「不要，我不要變成人偶。」

她大叫著，想要逃離房間。

「妳要到哪裡去啊?想要逃走已經來不及了,還是乖一點吧!現在我就要把妳變成可愛的人偶。」

魔法師老爺爺緊緊的抱住留身的身體,嘴巴附在她的耳邊,說出可怕的話語。

留身人偶

在赤坂見附附近的留身家裡,由於留身到了晚上還沒有回來,引起了大騷動。

留身的爸爸甲野光雄是某大公司的董事,算是個大富人。留身是甲野的獨生女,爸爸媽媽對她的失蹤擔心不已。

他們拚命打電話到學校和朋友家裡詢問,也派人出去找尋留身的下落。終於,從她的朋友宮本綠那裡聽到,在公園裡和留身分手的事。當

時留身和留著白鬍子、會玩人偶的老爺爺說話，可能被帶到老爺爺家裡去了。

小綠還記得當時老爺爺說過：「我是住在青山的黑澤。」

甲野先生把這件事情通知警察。警察立刻開始找尋住在青山，叫做黑澤的老爺爺，但是，並沒有發現這位白鬍子老爺爺。

老爺爺的姓名和住址可能都是捏造的。沒辦法，警察只好到公園附近的店家一間間的調查，看看有沒有人注意到一個老爺爺抱著人偶坐在長椅上。可惜還是沒有消息，就這樣過了好幾天。

留身的爸爸媽媽十分擔心。爸爸甲野向公司請假，在報紙上刊登尋人啟事，每天都到警察局去詢問搜索的情況，努力的找尋留身。媽媽則到神社去祈求神明「保佑留身平安無事」，根本沒有心情待在家裡。

就這樣，留身已經失蹤十天了。在第十天的下午，一個大型的行李被送到了甲野家。不是郵差送來的，而是由貨運卡車運來的。

好像裝蘋果的箱子般大小，長一公尺半的長型木箱用粗草蓆包著。上面並沒有寄件人的署名，收件人的名字的確是甲野光雄先生，住址也沒有錯，於是他們把東西收了下來。

甲野家的傭人打開粗草蓆一看，裡面是一個白色的木箱，表面用毛筆寫著大字：

甲野留身的棺木

傭人們看了嚇一大跳，互相對望，趕緊把這件事情通知家裡的人。

留身的父母聽到這件事情，驚訝的跑到玄關。看到寫著「甲野留身的棺木」的木箱，兩個人嚇了一跳，臉色蒼白，媽媽已經淚流滿面了。

兩個人都不敢打開箱子，默默無語的呆立在那裡。最後還是爸爸甲野光雄決定打開箱子瞧瞧。他命令下人把榔頭拿過來。

木箱蓋是用釘子釘住的，用榔頭柄敲開之後，雖然可以馬上打開蓋

子一探究竟，但是卻非常害怕，不敢打開。甲野先生猶豫了一會兒，終於下定決心，把蓋子掀開。

啊！真的如他所想的，箱子裡躺著留身，而且穿著學校的制服。

媽媽看到留身的身體，忍不住哭了起來。傭人中也有人「哇」的嚎啕大哭。

甲野先生眼中含著淚水，靜靜扶著哭得泣不成聲的妻子，凝視著躺在箱中的留身。

咦！這是留身的屍體嗎？可愛的黑色眼睛睜得大大的，臉色並不蒼白，而是非常紅潤，好像快要笑出來似的，表情很開朗。

甲野先生覺得很奇怪，於是仔細檢查留身的身體。他想，如果是被殺害的，應該有傷痕才對。

但是，不管再怎麼檢查，就是沒有發現任何的傷痕。而且留身的身體非常奇怪，怎麼會變得這麼輕呢？大概只有活著時候的一半體重。

而且臉、手、腳各處都是僵硬的，就算是屍體，也不可能硬成這個樣子。甲野先生用手指彈彈留身的臉，聽到叩叩的聲音。

「啊！這是人偶。不要哭，有人送來和留身一模一樣的人偶。」

聽到甲野先生這麼說之後，母親才察覺到這是人偶。

傭人們則說：

「啊！這是人偶嘛！」

「上面因為寫著棺木，所以被騙了。」

「可是這個人偶和留身太像了，好可愛哦！」

立刻聽到有人以開朗的聲音說道。

甲野手臂交疊，默默的思索著。

這到底是什麼意思呢？為什麼要送來和留身一模一樣的人偶呢？到底有什麼深意呢？

當時媽媽似乎察覺到什麼，抬頭看著甲野。

「老公，這件衣服真的是留身的，這裡還有衣服勾子重新縫過的痕跡，是我親手縫上去的，我記得很清楚。」

也就是說，人偶身上所穿的是留身的衣服。為什麼要做這樣的事情呢？難道留身的衣服被脫掉，全身赤裸的被關在某個地方嗎？

想到留身在漆黑冰冷的房間裡赤身裸體躺著，媽媽難過極了，眼中充滿了淚水。

甲野先生和妻子都沒有察覺到，不過讀者應該已經知道了吧！躺在箱子裡的真的是人偶嗎？那個魔法師老爺爺，已經把留身做成了人偶了嗎？

姊姊人偶紅子曾經說過，身體會逐漸變硬，最後則會變成真正的人偶。同樣的情況是否也發生在留身的身上呢？

爸爸媽媽將裝著留身人偶的箱子運到裡面的房間，坐在箱子前面，擔心的對望。

就在這個時候，隔壁房間的電話鈴聲響起。甲野先生立即大步走到電話旁，拿起聽筒。

從媽媽這個方向看過去，拿起聽筒的甲野臉色蒼白，瞪大著眼睛。

「你，你到底是誰？」

聽到甲野大聲的問道，而他拿著聽筒的手正不停的顫抖著。

小林少年

甲野先生會感到驚訝也是無可厚非的事情，因為聽筒的另一端傳來非常可怕的聲音。

「甲野光雄先生嗎？我是黑澤。你的留身就讓我保管著。為什麼保管？我想你應該知道吧！因為我想從你身上要點贖金，只要一百萬圓日幣（相當於現在的一千萬圓）就夠了。並不是要你帶到我這裡來，而是

我去你那裡拿。只要把紙鈔放在你書房桌內的抽屜裡就可以了。

明天晚上十點，我一定會去拿。如果你想叫警察抓住我，那麼，留身就會變成真正的人偶哦！我懂得把活生生的人變成人偶的方法，還可以把她放在櫥窗裡裝飾。如果你不希望我這麼做，那麼就不要抓我。

知道了吧！明天晚上不必特別為我準備什麼出入口，即使房門用鑰匙上鎖，我也可以自由出入。我們已經約定好囉！如果不按照我的吩咐去做，那麼留身就會變成真正的人偶哦！這一點你知道吧！」

甲野先生還來不及回答，對方就切斷了電話。

「老公，電話是誰打來的？你的臉色怎麼這麼蒼白？」

留身的媽媽也嚇得一臉蒼白，擔心的問道。

甲野先生摒退周圍的人，然後告訴妻子電話內容。

「要是通知警察，可能會被報紙大篇幅的報導，到時候就算想交出贖金，恐怕也交不出去了。那傢伙不知道會怎麼對付留身。我想還是由我去拜託私家偵探好了。

聽說有個名偵探叫做明智小五郎，他曾經幫助我的朋友，那位朋友知道明智高明的手腕。我並不在乎一百萬圓，如果能夠用一百萬圓買回留身的命，我會很安心。

但是，如果什麼都不做，只是坐以待斃，又會讓人覺得非常遺憾。萬一對方只拿錢卻不放回留身，那可就糟了。所以，應該要拜託手腕高明的偵探，好好的商量一番，以避免發生這種情況。」

甲野先生說得理所當然，妻子也十分贊成。

於是甲野先生用另一個房間的電話，打電話到明智偵探事務所。但接電話的聲音卻像是小孩的聲音。

「明智老師有事出外旅行，可能四、五天內不會回來，您有什麼事嗎？」

「我有非常緊急的大事。啊！真糟糕。」

「那麼，我去拜訪您好了。老師不在的時候，所有的事情都交給我處理，我叫小林。」

「哦，是你啊！你就是傳聞中的小林。那麼，你可不可以立刻過來呢？」

甲野先生也聽過關於小林少年的各種功勳，而且等見到小林之後，得知明智偵探旅行的地點，再打電話和他商量也無妨。總之，一定要請小林來一趟，因此，在電話裡告訴他路怎麼走。

麴町公寓的明智偵探事務所，和赤坂的甲野先生家距離非常的近。十分鐘之後，甲野夫婦和小林少年就已經圍著客廳的桌子商議著。

「那個人在電話中自稱黑澤，但是，我想那應該是個假名。留身的朋友記得他自稱是『青山的黑澤』。警察曾經到青山調查，可是並沒有發現叫做黑澤的人。」

甲野先生說明之後，小林少年思索了一會兒說道：

「留身人偶是貨運公司的人送來的，你們家有沒有人記得這家貨運公司的名稱呢？」

「傭人可能知道。」

於是叫傭人前來詢問。負責收下貨物的傭人並沒有留下貨運公司的送貨單，回答不記得名稱。但是，另外一位傭人記憶力很好，他記得印在卡車上的貨運公司名稱是「木宮貨運店」。

「真是個奇怪的名字，同樣名字的應該不多，只要翻翻電話簿，應該就可以查到。我覺得應該先去搜查這個貨運公司，然後打電話和明智老師商量一下，今天就要偷偷溜進人偶老爺爺的家中。現在是兩點，時間還很充裕。我不能夠像現在這個樣子，必須要假扮成女孩子才行。我打算和人偶老爺爺鬥鬥智。」

小林說話相當明快果斷，甲野先生打從心底非常佩服的看著他，擔心的說道：

「你要假扮成女孩？你能夠變裝到對方不會發覺的地步嗎？」

「哦！沒問題的。這種事情我已經做過好幾次了，從來都沒有被人發現過。我在事務所已經準備好合身的女孩西服和和服，隨時都可以替換。」

「那就太好了。總之，還是先打電話和明智先生商量一下。如果被對方發現，不知道留身會遭遇到什麼樣悲慘的下場。在明天晚上之前，我要準備一百萬圓現金。我並不在意把錢交給對方，不過要是讓壞人得逞，會教人感到非常遺憾。希望在救回留身之後，能夠抓住對方。」

「我知道。我會假裝和甲野先生沒有任何關係的進行調查，絕對不會妨礙對方來取贖金。但是，一定要先找出對方的巢穴，等到留身歸來之後，再通知警察去抓他。」

「那麼，就姑且一試了。總之，不要被對方發現。」

於是，小林少年趕緊趕回明智偵探事務所。

鬼屋

小林少年回到事務所之後，著手調查木宮貨運店的住址，打電話請明智偵探的大人助手去調查那家店。

為什麼要請大人助手幫忙呢？因為由成人假扮成刑警前往調查會比較順利，而這一點小林少年是辦不到的。

大人助手穿上像刑警的服裝，來到杉並區的木宮貨運店，詢問是誰請他們將細長的木箱送到赤坂的甲野家去的。很快的就打聽出這個人的住址。那是同樣在杉並區原野的一間住宅，裡面住有一位留著白鬍子的老人，是會製作奇怪的人偶。聽說他的名字叫做赤堀鐵州。

知道詳情之後，小林少年馬上打電話到明智偵探旅行所住的大阪飯店和他商量。偵探說：「可以試試看，你要小心一點。」允許他採取行

動。明智偵探非常了解小林的高明手腕。

於是小林戴上假髮，化粧之後穿上洋裝，變成像十四、五歲的可愛少女。他坐上汽車，趕往助手告訴他的杉並區獨棟住宅。這時天色已近黃昏。

在距離稍遠的地方下了車，來到原野附近時，看到對面有頹圮的平房。看起來像是老舊的西式平房。

木板原本是塗上藍漆，然而油漆已經剝落，還有很多木板已經破掉了。周圍雜草叢生，看起來好像鬼屋似的。這時有一名青年從鬼屋那裡騎著自行車朝這裡過來，好像是送牛奶的人。假扮成少女的小林少年等到青年接近時叫住他。

「對不起，打擾你了。」

這是女孩的聲音，小林的確是個好演員。

青年在可愛少女的叫喚之下，笑著停了下來。

「那棟洋房是赤堀鐵州先生住的地方嗎？」

「是啊！這附近的人都稱他是鬼屋的白鬍子老爺爺，是個讓人覺得很可怕的老爺爺呢！」

「那個老爺爺現在在家嗎？」

「從昨天開始就不在了。老爺爺只有一個人獨居，現在家裡應該空無一人。那個白鬍子老爺爺真的很奇怪，有時候不知道晃到哪裡去，都沒有回來。每次送來的牛奶都酸臭掉了。從昨天到現在，牛奶都一直擺在門外呢！」

青年很愛說話。

「那個老爺爺是不是會做人偶，而且還會腹語術呢？」

「我不知道他會不會腹語術，不過他會做人偶。那裡有很多讓人看了覺得很可怕的人偶。妳也知道白鬍子老爹呀！但是，妳最好不要接近那裡哦！否則可能會遇到悲慘的下場。」

「哦！我不會去那裡的。只是經常聽到有人說起老爺爺的事情，我想要拜訪他。謝謝你。」

他朝著和洋房相反的方向走去，青年也說：「再見囉！」一邊騎著自行車，一邊回頭看他，朝遠處慢慢的離去了。

少女的小林，等到看不到青年的自行車之後，掉頭朝著洋房的方向走去。

走到入口的門，轉動一下把手，聽到「喀」的聲音。門很輕易的就被打開了。

「咦！沒有上鎖。」

他感到很驚訝。推開門往裡面瞧，在微暗中感覺似乎有怪物從角落裡出現似的。

小林有點害怕，猶豫了一會兒，但是，想到留身可能被關在這裡的某處，立刻鼓起了勇氣。

走了進去，關上門，爬上玄關。沿著黑暗的走廊，朝裡面躡手躡腳的走去。

走了不到十步突然停了下來，因為有柔軟的東西在撫摸小林的臉。這麼說來，真的有人躲在這裡囉？仔細一看，出現在臉上的竟然是長長的頭髮。

那是人類的頭髮。沿著頭髮往上看，看到一張女孩的臉。這個女孩從天花板上倒吊下來。

她穿著白色的和服，袖子垂掛下來。臉色十分蒼白，從嘴唇處留出鮮血。

太可怕的一張臉了，小林真想拔腿就跑。但是突然想到什麼似的，再次仔細看著這個女孩的臉。

「這不是女鬼人偶嗎？」

小林笑了起來。那就好像是在遊樂場的鬼屋裡，從天花板掉落到遊

客頭上的幽靈人偶一樣。

怪老人擅長製作奇怪的人偶，而在走廊上遇到幽靈人偶也沒什麼好奇怪的。

經過人偶，走了兩、三步，打開門。在黑暗中雖然看不清楚，但好像是個很大的工作室似的房間。對面牆邊零亂的站著很多奇怪的人偶。

裝扮成少女的小林，大膽的走進這個大房間。

走到零亂的人偶旁邊瞧瞧，站在那裡的真的是人偶，但是全都是令人看了毛骨悚然的鬼人偶與幽靈人偶。

小林一一仔細觸摸這些人偶，他想，留身可能會被藏在這些鬼人偶當中。

但全都是硬梆梆的人偶，其中並沒有藏著活生生的人。人偶前面放了一個大箱子，仔細一看，就像是古代所使用的鎧甲櫃（能夠放鎧甲、頭盔的大箱子）。怪老人可能也會製作穿著鎧甲的武士人偶吧！

魔法人偶

當然，這麼大的鎧甲櫃裡也可以藏人。

「難道留身在這裡面……」

想到此處，小林不禁心跳加快。

猶豫了一會兒，決定用雙手抬起鎧甲櫃沈重的蓋子，再往裡面探個究竟。

裡面一片漆黑，看來並沒有放什麼東西。把手伸進去摸摸看，真的是空無一物。

小林仔細的檢查這個工作室，也仔細搜查其他的房間。雖說有其他的房間，但這是狹窄的洋房，只有能夠擺著一張老舊的床的房間——像倉庫一樣的房間，還有廚房而已。不管哪一個房間，都沒有可以上鎖的架子，完全沒有發現任何可以藏躲留身的地方。

「留身……留身……妳爸爸拜託我來找妳。如果妳在這裡，就安心的回答我，我會救妳……」

這樣的叫喚了好幾次，然而並沒有得到任何回應。

「可能藏在其他地方，否則入口也應該會上鎖才對。」

小林這麼想著，放棄找尋留身，但是，也不想立刻就離開。不知道怪老人什麼時候會回來。他想躲藏起來以了解老人的真實身分。

就在這時，聽到入口處響起啪噹的聲響，以及有人走在走廊上的腳步聲。可能是怪老人回來了。

小林迅速跑進工作室，來到鎧甲櫃附近，掀起沈重的蓋子，跳到裡面去，然後蓋上蓋子。

但要是完全將蓋子蓋緊就無法呼吸，因此，小林把放在手冊裡的鉛筆拿出來，夾在蓋子之間，製造些許的縫隙。同時只要把臉轉向側面，就可以看到外面的情況。

屏息凝神的等待著，腳步聲的主人終於出現在這個大房間裡。

「電力公司的人真壞，只不過是六個月沒有繳電費而已，就把電線

剪掉。不過，就算沒有電燈也沒關係，這裡還有蠟燭呢！有了蠟燭，就方便多了。哇哈哈哈……」

這是嘶啞的老人聲音，同時也聽到咻的擦火柴聲音。紅色的燭光甚至照入了鎧甲櫃中。

小林側著臉，從縫隙中窺探。的確是白鬍子老人。他將蠟燭拿到胸前，藉著從下方照過來的逆光，可以看到他那張可怕的臉。

憔悴消瘦的臉頰、高高的鷹勾鼻、粗大的眉毛、大大的眼睛和嘴巴、長長的白鬍鬚、蓬鬆的斑白頭髮……。

衣服是老舊的黑色西裝。

箱中的少女

看了讓人有點害怕的老爺爺，聳了聳他那高高的鷹勾鼻，不知道在聞什麼氣味，然後裂開大嘴，笑了起來。

「咦！真奇怪，好像有人到這裡來。呵呵……沒錯，有粉的味道，是女人呢！」

說著一直看著鎧甲櫃。

假扮成少女的小林，在箱子裡縮著脖子。

「難道被發現了嗎？但是，他可能還沒有察覺到我躲在鎧甲櫃裡，還是再觀察一下情況吧！」

他屏息凝神的往外偷看，看到怪老人走到對面去，在工具箱裡翻找了一會兒，不知道從那裡取出了什麼東西，又來到了這邊，然後裂開大嘴，笑了出來。

「哇哈哈哈……我想到妙計了。我真聰明！哇哈哈哈……工作了，有趣的工作要開始了。哈哈哈……」

老爺爺似乎異常高興的笑了起來。每次笑的時候都會抖動大嘴巴，

露出黃板牙，從黃板牙中伸出黑色的舌頭。燭光從下面往上照，讓人看了很害怕。

「說要開始工作，這傢伙到底要做什麼工作呢？看起來很悠閒，難道要開始雕刻了嗎？」

在箱中的小林這麼想著，一直看著外面。怪老人左手拿著蠟燭，右手拿著大榔頭。

老人駝著背，好像黑猩猩一樣，搖搖晃晃的朝著這裡走了過來。在距離鎧甲櫃兩公尺處，突然啪的撲向鎧甲櫃，一屁股坐在上面。

「哇哈哈哈……關上了吧！喂，裡面的傢伙聽得到我的聲音嗎？哇哈哈哈……你以為我沒有發現到鎧甲櫃的縫隙嗎？我的眼睛是貓眼，任何小東西都逃不過我的眼睛。

你聽到我說要工作，到底是什麼工作，你知道嗎？哇哈哈哈……那就是用榔頭釘釘子的工作，也就是要活捉你的工作。我就是要這麼做，你聽到了嗎？這就是釘釘子的聲音。」

怪老人惡狠狠的說著，用榔頭敲著釘子，用長長的釘子釘住鎧甲櫃的蓋子。先前老人坐在蓋子上時，夾在蓋子中間的鉛筆斷裂，因此蓋子完全蓋緊了。老人打算坐在上面釘釘子。

「哇哈哈哈……藏在裡面的應該是年輕女孩吧！是女偵探囉？雖然是女人，但是卻很大膽。雖然我對女孩很溫柔，但是，對於想要探查我的秘密的女偵探，就不能放過了。我準備就這樣的關住妳。」

小林心想糟糕了，剛才看到老人拿榔頭時，為什麼沒有想到這一點呢？如果當時立刻就從箱子裡跳出來，就不會遇到這麼悲慘的下場了。一旦被關在堅固的鎧甲櫃裡，就會因為窒息而死。

小林放聲大叫：

「我不是偵探，我是國中生，我在原野裡玩，不小心跑進來的。快打開！我的朋友會來找我，他們會通知我的爸爸。」

即使面臨這樣的處境，小林也沒有忘記自己假扮成少女的事情。

「呵呵呵……。妳在說什麼啊！的確是女孩的聲音。但是，妳在說什麼我一點都不知道。等到釘子釘下去之後，不管妳再怎麼叫，我都聽不到了。」

小林想要用力的推開蓋子，但是，老爺爺坐在上面，根本推不動蓋子。這時，眼睜睜的看著兩根、三根、四根釘子釘在箱子上。

小林用盡全身的力氣，在箱子裡掙扎、叫喊，但是根本無濟於事。蓋子完全被釘子釘住了。

刀尖

小林拚命的掙扎，他感覺口渴，而且心跳速度加快，應該說是呼吸愈來愈困難了。以前的老師父打造的堅固鎧甲櫃，一旦蓋上蓋子，空氣就進不來了。

釘好釘子的怪老人站了起來。

「哇哈哈哈……這樣就好了。就把妳掙扎的聲音當成下酒菜來喝酒助興好了。」

說著，從房間角落拿來裝著威士忌的瓶子和杯子，然後又坐回鎧甲櫃上，開始啜飲著威士忌。

「哇哈哈哈……妳還在掙扎嗎？雖是女孩，但是很執著嘛！不管妳再怎麼掙扎，也不可能打開這個蓋子的。哇哈哈哈……」

老爺爺在喝著威士忌的同時，不斷的放聲大笑。

箱子中的小林覺得呼吸困難，難道真的就這樣死去嗎？那真是會讓人覺得遺憾終生。就算是少年名偵探，在一片漆黑的箱子中，也想嚎啕大哭。

已經喝醉的老人，又開始說著一些莫名奇妙的話。

「等等，這樣沒意思。喂！小姑娘，我有一個好主意。嗯！等等，等等，現在我讓妳輕鬆一點，妳忍耐一下，馬上就會覺得輕鬆了。哇哈哈哈……」

說著，老爺爺搖搖晃晃的站了起來。

箱子中的小林，微微聽到「讓妳輕鬆一點」的話。覺得老人好像站了起來。他不禁豎耳傾聽。

「讓妳輕鬆一點」，到底是什麼意思呢？

「難道他想殺了我嗎？一定是這樣。光是關在箱子裡面不會立刻死掉，他大概是想要立刻宰了我。」

想到此處，小林感到毛骨悚然，覺得心跳快要停止了。

怪老人的腳步聲，離開了鎧甲櫃，漸去漸遠，但不久之後，又走了回來。一定是拿來了什麼要讓自己輕鬆的工具。

「是不是手槍呢？那傢伙會不會從箱子外面開槍射殺我呢？」

小林覺得全身冒出冷汗。

「那傢伙到底在想些什麼？他的眼神就好像是瘋子的眼神一樣，也許他是殺人魔。」

小林已經覺悟了。猜想待會兒會聽到砰的聲音，子彈隨即穿過箱子側面，射出一個洞，再射入自己的胸前。

「明智老師！」

他不禁叫著懷念的老師的名字。眼前浮現著老師滿面笑容的臉。

但這是怎麼一回事呢？怎麼一直沒有聽到開槍射擊的聲音，反倒是聽到敲打板子的聲音，而每敲一次就覺得鎧甲櫃在搖晃著。

啊！我知道了。好像用東西在摩擦鎧甲櫃的外側。不，好像想打個洞。哦！一定是尖銳的刀刃，可能是刀子。用古式長刀的刀尖正在摩擦著板子。

「啊！對了。沒有槍，但是有刀子。難道這個老爺爺想用刀子殺掉

我嗎？」

小林的腦海中浮現出不可思議的情景。很久以前，在表演魔術的舞臺，看過一名少女被關在好像這個鎧甲櫃的四方形箱子裡。

當時西方的魔術師用亮晃晃的劍插入箱子，大概插了七、八支。魔術師從四面八方將劍插入箱子裡。

觀眾覺得箱中的少女應該已經被許多支劍刺殺。當時箱中少女的哀鳴聲震撼了每一位觀眾的心靈。

「看來，現在我也要遭遇到這樣的下場了！」

刀刃的聲音漸漸傳到箱子的板子上，接下來就應該出現尖銳的刀尖了。小林的身體已經塞滿整個箱中，根本無處可以閃躲，刀尖一定會刺穿自己的胸膛。

小林已經沒有辦法再忍耐了。他真想像那位變魔術的少女一樣發出哀憐的叫聲。

就在這時，小林聽到啪的一聲，箱板被打了個洞。雖然在黑暗中無法完全了解，但是，似乎有像刀尖一樣的東西出現在眼前。

小林嚇了一跳，趕緊閉上眼睛，心想自己就快要被殺了。但是奇怪的是，並沒有感覺到疼痛，一直都沒有發生什麼事情。

睜開眼睛一看，板子被穿了一個大洞，燭火從那裡射了進來。當然空氣也跟著進來了。

不知道是不是心理作祟，總覺得呼吸順暢輕鬆多了。

「哇哈哈哈……小姑娘，妳嚇了一跳吧！妳以為自己要被殺了嗎？呵呵呵……我還不會殺了妳。我還想先留下妳的命呢！可不想讓妳窒息而死，那樣太無趣了。我只是打個洞，好讓妳能夠呼吸。妳聽到我的聲音了嗎？」

怪老人嘶啞的聲音清楚的傳了進來，甚至連充滿酒味的老人的氣息都飄了進來。

紅色火焰

「喂！老爺爺，你到底打算怎麼處置我？」

小林還是用女孩的聲音，把嘴巴靠向木板的洞大叫著。這時聽到滿身酒氣的老爺爺大聲答道：

「哇哈哈哈……妳擔心嗎？我不會把妳吃掉的，只不過把妳當成下酒菜而已。聽不到妳的聲音，酒就不好喝了啊！哇哈哈哈哈……」

怪老人又坐回鎧甲櫃上，只聽到巴塔巴塔地啜飲著威士忌。每喝一口，就說一些莫名其妙的話，有時還會放聲大笑。

原本就是奇怪的傢伙，現在喝醉了，更是連話都說不清楚了。

小林覺得很無趣，因此閉口不語。面對一個酒醉的人，不管說什麼都沒有用。

在接下來的三十分鐘裡，怪老人不斷的說著自己想說的壞話，漸漸的連話都說不清楚。除了說話之外，還發出一些奇怪的聲音。原來他坐在箱子上開始打呼了。

突然聽到玻璃破裂的聲音，原來是拿在手上的威士忌瓶和杯子都掉到地上打破了。

不久之後，鼾聲愈來愈大。怪老人從箱子滾到地上去了。在一片寂靜的工作室裡，只聽到老人鼾聲大作。

老爺爺終於醉倒了。小林心想，現在正是逃走的好機會。他打算使盡全身的力量，利用頭和肩膀撞開箱子的蓋子。

但是，鎧甲櫃非常堅固，根本撞不開。他心想，撞衝之後，應該可以把釘子弄鬆，掀起蓋子。然而他用盡了全力，還是掀不開蓋子，反而覺得更累。

小林一直呆在箱子裡，他感覺到箱子外面有輕微的聲響，可能是老

人醒過來了，但卻依然聽得到他打呼的聲音。除了打呼的聲音之外，還聽到其他輕微的聲響。

除了老人之外，好像又有人進來了。不知道什麼時候，有人走了進來。除了微微的走動聲之外，還可以聽到呼吸聲。

小林嚇了一跳。工作室裡除了老人，難道還躲藏著其他的人嗎？這個人不知道在做些什麼。是不是人呢？還是比人更可怕的東西呢？

他屏息凝神，豎耳傾聽。輕微的聲響終於停下來了，但是，並沒有聽到對方離去的腳步聲。他可能是一直躲藏在微暗房間的角落裡，但這是為什麼呢？他為什麼要這麼做呢？

小林不知道如何是好，雖然很想和溜進來的傢伙說話，可是又擔心他和怪老人是同夥，那就糟糕了。

在猶豫不決中，時間慢慢的流失。先前可疑聲音消失，除了老人的打呼聲之外，並沒有聽到其他任何的聲音。

一直待在又黑又狹窄的箱子裡的小林，終於又察覺到奇妙的聲音。那聽起來並不像是人活動的聲音，而是啪唧啪唧好像有東西在燃燒的聲音。

啊！奇怪的氣味傳到箱中，那是東西燒焦的氣味。原來那個啪唧啪唧的聲音正是因為起火而來。

的確如此。焦味愈來愈濃烈，啪唧啪唧的聲音也愈來愈猛烈。

不僅如此，白煙甚至還從箱子的洞鑽了進來。

煙愈來愈濃，甚至會嗆鼻。從箱子的洞看到的，是與燭光不同的紅色火焰正在燃燒著。

箱子的周圍熱烘烘。發生火災了，工作室著火了。

為什麼會發生火災呢？難道是喝醉的老人打翻燭台，蠟燭燃燒而釀成火災嗎？不，似乎不是如此。先前微微的聲響，好像是有人偷溜進來的聲音，真是非常可疑。

火海

箱子中的小林，心想這下必死無疑了。因此，使盡吃奶的力氣拚命的掙扎。

肩膀、手肘、膝蓋全都受傷流血，但是，他根本無暇顧及這些。在危急的時刻拚命掙扎的力量是相當驚人的，即使是堅固的鎧甲櫃，也發出巨響而被破壞了。不，與其說是破壞，還不如說先前釘在櫃子上的釘子鬆了，啪的一聲打開了蓋子。小林從鎧甲櫃中站了起來。

小林一看，四周已經是一片火海，整個房間濃煙四起，有一面牆已經被燒掉了一半。鮮紅的火焰，好像幾千隻毒蛇的舌頭似的，正在舔舐著天花板，地面上則是瀰漫著黃色的煙。周圍紅色的火焰，啪嚓啪嚓的發出聲音燃燒著。

老人依然倒在煙霧之中，好像被嗆傷似的，如芋蟲般正在掙扎滾動著。因為喝醉酒而站不起來嗎？不，並非如此，不知道誰用麻繩把老人的手腳綁住了。

即使對方是壞蛋，也不能夠眼睜睜看著他在這裡被活活燒死。所幸他的手腳已經被綁住，就算把他救出去，也不必擔心他會逃走。

小林用力拖著老人的腳，找尋地上還沒有燃燒的地方，慢慢的逃到屋外。走廊還沒有燃燒起來。他依然抓著老人的腳，從走廊跑到大門之外。小林離開了建築物，來到草叢中，讓老人躺在那裡，自己則趕緊朝街上跑去。

太陽已經下山，外面一片漆黑，幸好街上的香菸店還開著。

小林跑到那裡，大叫道：

「那個鬼屋洋房著火了。」

拿起紅色電話（當時的公共電話大多是紅色的）的聽筒，撥了一一九，告知火災地點，同時將電話轉到警政署的搜查課，趕緊把事情始末告訴他所熟知的中村警官。由於明智偵探出外旅行，因此，只好求助於中村警官。

中村警官說明他會立刻趕來現場，於是小林趕緊跑回先前丟下怪老人的地方。附近的鄰居已經聚集在原野，這裡擠滿了黑壓壓的人群。

怪老人還在原來的地方。他已經不再鼾聲大作，疲累得好像快要死掉一樣，倒臥在那裡。

這時，洋房已經完全被鮮紅的火焰包圍著，成千上萬的火舌爬上屋頂，朝黑暗的天空不斷的往上爬。

這時聽到尖銳的警笛聲，消防車來了。消防人員立刻拉起水管，想要用水柱澆淋燃燒的火。洋房已經救不回來，建築物全都被火燒了。

圍繞著洋房的樹林，就好像被顏料染成紅色一樣，而神奇的風不知道從哪裡吹過來，黃色的毒煙瀰漫四周。

這時，發生了奇怪的事情，在煙霧中傳來異樣的聲音。難道是被火焰攻擊的可憐怪鳥的笑聲嗎？不，不是如此。鳥是不會笑的，這是很奇怪的人類的笑聲。

在煙霧的另一端，好像有人幸災樂禍的在竊笑著。

啊！那個笑聲到底意味著什麼呢？

奇妙的問答

這天深夜，老人赤堀鐵州在杉並警察局的調查室接受局長、警政署的中村警官以及兩、三名刑事的詢問。老人手腳上的繩子已經被解開，坐在木頭椅子上。

酒醒之後，恢復正常的怪老人，以狐疑的表情瞪看著眾人。

「你家已經燒光了。你為什麼要在自己的家裡放火呢？」

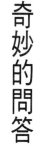

杉並警局的刑事組長看著老人的臉問道。

「放火？我怎麼會做這種事呢？……啊！對了，是有人要放火燒死我。有人把我綁住扔在地上，但是，我為什麼會獲救呢？對了，有人抓住我的腳，把我救出來。」

「是啊！如果你被丟在那裡，現在早已經變成焦炭了。」

聽到這句話，怪老人臉上浮現異樣的神情。蒼白的臉變成灰色，瞪大眼睛，鼻子周圍開始冒汗。

「不行！糟糕了！我完全忘記了，我殺人了！」

老人說出一些莫名其妙的話。

「喂！振作點。你在說什麼啊？你殺了誰啊？」

「女孩，可愛的女孩。她偷偷的溜進我的工作室，躲在鎧甲櫃裡，因為我在上面釘了釘子，所以她沒有辦法跑出來。我喝了酒，喝了很多的酒，我不知道到底發生了什麼事情。那個女孩被關在鎧甲櫃裡，火災

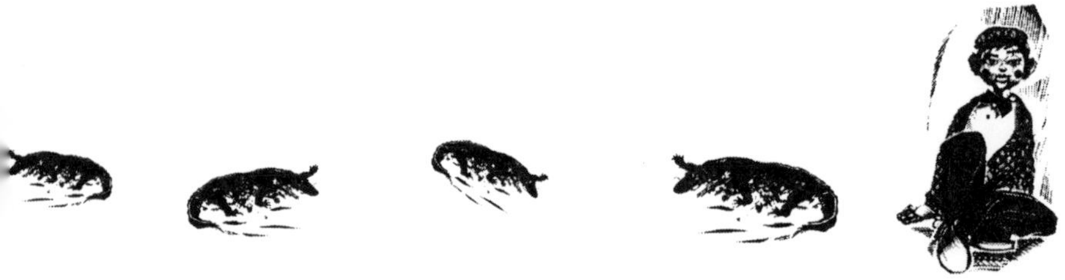

現場有沒有發現到人的屍體呢？我真的是做了很糟糕的事情。喂！怎麼樣？你們到底有沒有發現屍體呀？有沒有人把那個鎧甲櫃搬出來呀？趕緊檢查那個櫃子。啊，真糟糕！」

看來並不是假裝不知道。赤堀鐵州這個奇怪的老人，似乎真的很擔心那個少女。

「哈哈哈……放心吧！被你關在鎧甲櫃的女孩就在這裡，你仔細瞧瞧。」

刑事組長說著，叫出站在眾人身後、穿著少女服裝的小林少年，讓他站在老人的面前。

「對了，這個孩子。真奇怪，妳是如何被救出來的。……但是，等等。咦，不對呀！喂！我告訴你們，這傢伙是小偷，他偷偷溜進我家，想要闖空門，否則也不可能躲在鎧甲櫃裡。快，你們快抓住他，用繩子綁起來。」

怪老人對站在旁邊的刑事組長吼叫著。中村警官看到這種情況，開口說道：

「你在說什麼啊！這個孩子不是小偷，是著名的私家偵探。」

「什麼？這麼小的女孩是私家偵探？」

怪老人瞪大眼睛，看著小林。

「小林，拿掉假髮，露出你的真面目給他看……。你看，這是真正的男孩。他是名偵探明智小五郎的少年助手小林芳雄。」

小林少年扯掉假髮讓老人看，露出了少年的頭。

「啊！你是男孩。嗯！我知道了，我曾經在報紙上看過關於小林助手的報導，和報紙上的照片長得一模一樣。但是，你為什麼要偷偷的溜進我的工作室呢？而且還假扮成女孩……」

情況真的是愈來愈奇怪了。如果這個老人真的是抓走甲野留身、要求贖金的犯人，又怎麼可能會說這些話呢？

怪老人的真實身分

接下來，刑事組長一直詢問怪老人。

小林接受甲野先生的拜託，不能夠將留身的事件告訴警察，但是現在不說也不行了，於是把詳情告訴中村警官。杉並警局的局長、刑事組長和中村警官聽了之後，似乎也了解了事情的始末。

「你就是叫做赤堀鐵州的人偶師嗎？」

刑事組長瞪著怪老人問道。

「是啊！我是個製作人偶的專家哪！」

「你知道赤坂的甲野光雄這個富翁嗎？」

「哦！我聽過，可是不認識。」

「你還在說謊！你不是擄走了甲野先生的女兒，那個叫做留身的可愛女孩嗎？」

「擄走？我嗎？」

「而且你還把和留身一模一樣的人偶放在木箱裡，讓貨運店的人送到甲野先生家去。」

赤堀老人聽到他這麼說，驚訝得瞪大眼睛。

「沒這回事！我不知道這件事！」

「但是，這裡有證人啊！那就是木宮貨運店的店員。店員說這個箱子的確是個叫做赤堀鐵州的人偶師託送的。」

「胡說，我要和那個店員對質。讓他看看我的長相，他就知道不是我了。」

老人認真的樣子似乎不是在演戲。中村警官和局長，以孤疑的神情對望。

「哦！那麼就讓那個店員來一趟吧！在這段時間裡，就把留身的事

情告訴老爺爺吧！」

局長命令刑事組長之後，派一名刑警到貨運店去。刑事組長將留身在公園被擄走的事情、對方打電話要求一百萬圓贖金的事情，還有貨運店將留身人偶送到甲野家，以及小林少年從貨運店那裡打聽出赤堀老人的住宅，喬裝打扮成女孩溜到他家的事情，詳細的說了一遍。

「哦！原來是這麼一回事啊！這名女孩躲在鎧甲櫃中的理由我知道了，因為我先前不知道原因，才讓你受苦。真是對不起，小林。」

老人立刻很誠懇的向站在那裡的小林少年道歉。

「不，不光是這樣。我想，當我手腳被綁住，快要被燒死的時候，應該是你把我從火場裡救出來的。真是對不起，請你原諒我，我真的以為你是小偷。我原本想把你關在鎧甲櫃裡面，然後再送交給警察的。我真的不知道該如何向你道歉。」

老人難為情的說著，和在工作室裡燭火映照下那位可怕的壞人表情完全不同，顯得十分的憔悴蒼老。

雖然小林很同情老人，但是，還是要確認一下，因此問道：

「我還是有懷疑之處。當工作室發生火災時，你被繩子綁住，而我則被關在鎧甲櫃中，所以不知道是誰把你綁起來的。你不可能自己綁住自己，難道你想不起是誰綑綁你的嗎？」

老人搖了搖頭說道：

「真不好意思，我完全不記得睡覺時是誰把我綁起來的。」

說完之後就在那裡思索著。

先前派出去的刑警帶著木宮貨運店的店員走了進來。

「託你送那個木箱的是不是這個人？」

刑事組長把店員叫到老人的面前問道。

「不是。雖然同樣留著白鬍子，但不是這個人。」

店員看了一眼就斬釘截鐵的說。

「但是，叫做赤堀鐵州的人偶師就是這個人啊！託你們送貨的人，就是赤堀鐵州吧？」

「是啊！是這個名字，但是，對方並不是這個人。」

如此一來，就洗刷了赤堀老人的冤情了。

「等等。我想，這個人會這麼做是有他的理由的。」

老人一邊搖頭，一邊緩緩的說道：

「你們聽我說。當然，抓走留身或送留身人偶的當然不是我，但是那傢伙卻假借我的名字，讓大家以為犯人是我，趁大家還不知道事情真相的時候把我燒死。

那傢伙趁我喝得酩酊大醉、無法動彈時綁住我，並且在工作室裡放火。沒錯，他就是打算這麼做。只要我被燒死了，死人是無法開口說話的，那麼我就成了真正的犯人，這樣他就不會被懷疑了。畜牲！想的好計策。」

「等等。嫌犯說，明天晚上要到甲野先生那裡去取贖金。如果犯人現在死了，那麼就拿不到贖金了啊！」

刑事組長插嘴說道。

「嗯！說的也是。也許還有其他方法哪！留身這個女孩還沒有被發現，所以現在先把那個女孩藏起來，等過幾天之後才偷偷溜到甲野先生家裡去吧！到時候一定會有賞金。雖然不到一百萬，但是，還是可以得到一些錢。你們認為我的想法對不對？

不，只要藏起留身，還有其他各種可行的方法。既然我這個犯人已經死了，大家就不知道留身被藏在什麼地方，如此一來就會引起騷動，真正的犯人就可以進行他的陰謀了。」

老人很得意的說道。

「你這個留著白鬍子的人偶師和真正的犯人長得很像，所以他以你做替身。不過，既然同樣是人偶師，你應該知道真正的犯人是誰吧？和

你長得很像的人偶師到底是誰呢？」

當刑事組長這麼問的時候，赤堀老人搖頭說道：

「我不記得有這樣的人。我真的覺得很不可思議。那個傢伙竟然想燒死我，我一定要報仇……。小林，你可不可以把我介紹給明智先生，讓我成為先生的弟子，這樣就可以和警察合力找出真正的犯人。一定可以找出來的。小林，請你為我引薦先生。」

老人很認真的拜託小林少年。

人偶女孩

第二天早上，甲野先生的家發生大騷動。傭人若無其事的走進留身小姐的寢室，結果發現留身竟然躺在床上熟睡。失蹤的留身不知道何時已經回家了。

在傭人的通報下，爸爸媽媽立刻趕到寢室。但是不管再怎麼叫，就是叫不醒留身，於是急忙請醫生前來診治。結果才知道原來是被強迫灌了安眠藥。留身被某個人灌了安眠藥，在晚上被送到這裡來。

這時，留身的爸爸甲野先生突然想到什麼事情似的，馬上趕到書房去，檢查書桌的抽屜。

啊！結果不出所料，書桌右側三個抽屜裡的一大疊鈔票不翼而飛。那個怪老人依約前來拿走了一百萬圓，換回了留身。

甲野先生和小林商量之後，把這件事情告訴警察。警察立刻趕到，詢問從睡夢中清醒的留身，探聽怪老人的巢穴，終於發現那棟洋房。但是，怪老人早就不知道躲到哪裡去了。

許多人偶以及穿著長袖衣服的紅子全都不在。這棟洋房已經成為空屋。

平安無事的度過一個月，警察持續搜查怪老人，但是，始終沒有發現任何線索。事件發生四天之後，明智先生從大阪回來，並且從小林那裡知道了詳細情況。

這時留身已經回來，整個事件也就告一段落。在怪老人尚未再次作惡之前，無法掌握更進一步的線索。

但是一個月後的某一天，渋谷區的神山家發生了奇怪的事情。

神山先生是銀座的寶玉堂的社長，是一位寶石商人，在距離渋谷車站一公里的住宅區擁有洋式豪宅。

神山先生有兩個孩子，分別是初中一年級的進一，以及小學五年級的早苗。現在兩人正在早苗的房間裡爭吵著。

「早苗是人偶痴！這麼重視人偶，有一天妳會變成人偶哦！」進一嘲笑妹妹。

「嗯！哥哥欺負我。這些人偶都是我的同伴，就算你欺負我，我也不在乎！」

說她是人偶痴，的確如此。房間整個牆壁空間的玻璃櫃裡，擺著各式各樣的人偶。

早苗從四歲開始就十分喜歡人偶，經常拜託爸媽買的人偶，全都堆在這裡。

爸爸或叔叔們出外旅行，總會帶回各地的人偶送給她，所以包括日本東北地方圓頭圓身的小木偶人在內，她擁有很多的人偶。

稍大一點的有歌舞伎人偶、阿娜多姿的人偶、眼睛是藍色的西洋人偶，還有船長送給她的義大利大理石人偶、京都製的可愛人偶、吃奶的人偶、躺下來時會「哇」的叫著的嬰兒人偶，更大的則有木偶淨瑠璃戲的公主，甚至有和早苗一樣高度的西方少女人偶，以及電動機器人偶等等，不勝枚舉。

早苗近乎痴迷喜歡人偶的事，在學校和附近都出了名，大家給她取

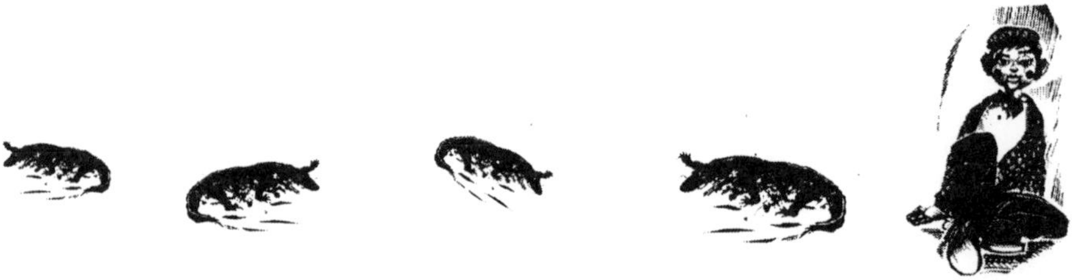

了個綽號，叫做「人偶女孩」。

哥哥進一非常羨慕早苗擁有這麼多的人偶。男孩不能夠收集人偶，為了報復，只好嘲笑妹妹是「人偶痴」。

「哥哥是偵探痴，一直想當名偵探明智小五郎的弟子，可是卻從來沒有見過明智偵探。」

「妳說什麼呀！別胡說，我見過明智老師兩次，而且還和他說過話呢！因為我是少年偵探團的團員。團長小林是明智老師的弟子，我們這些團員當然也是他的弟子。你看這個ＢＤ徽章！有這個東西，就證明我是少年偵探團的團員。哼，羨慕吧！」

進一從口袋裡掏出閃閃發亮的ＢＤ徽章，發出呷呷呷的聲音，在早苗的鼻子前來回晃動。

這時，傭人打開門探頭進來說道：

「早苗小姐，有奇怪的人在玄關哦！他好像是來賣又大又美麗的人偶。很棒的人偶哦！夫人正在跟那個人說話，妳要不要去看看呀？」

聽到人偶，早苗眼睛為之一亮，趕緊從椅子上跳了起來，叭噠叭噠跑向玄關。

「哎，真是個人偶女孩！我敗給她了。」

進一似乎投降了，喃喃自語的說著。他也不想待在房裡，跟著早苗跑到玄關去了。

可疑的男子

跑到玄關一看，玄關大廳的木板房間裡，一位身材高大的男子，抱著非常美麗的女人偶站在那裡。媽媽從裡面走了出來，驚訝的看著這名男子。

男子身穿黑色衣服，中分的頭髮非常的黑。高高的鷹勾鼻下方有黑

色的鬍鬚，說話的時候，鬍鬚不斷的顫動著。

眼前閃耀著光芒，眉毛倒立，額頭有一些橫紋，看不出是年輕人還是中年人，是個讓人覺得很可疑的男子。

男子看到早苗跑出來時，笑著對她說話。

「咦！在那裡的應該是小姐吧！叔叔知道妳非常喜歡人偶，而且擁有很多的人偶，但是，妳應該沒有這麼棒的人偶吧！怎麼樣？妳快來看看。就好像是活生生的人一樣，正好可以當妳的姊姊。這個人偶叫做百合子，要不要和她跳舞呢？」

男子將抱著的人偶放在自己的面前，再從後面將雙手伸向人偶的腋下，讓人偶跳舞給早苗看。

人偶是十五、六歲的美麗女孩，戴著美麗的髮飾，穿著友禪綢長袖衣，紮著金線織花錦緞帶子，長得非常可愛。

這個人偶的雙手微微移動，長袖跟著飄動，翩翩起舞，就好像是活

生生的人一樣。跳舞的時候連臉都會動，好像看著這一邊笑著似的。

早苗曾經跟著父親去看過木偶淨瑠璃戲。而這個人偶和當時那個人偶一模一樣，不，看起來更為鮮活，就好像是真人一樣。

「媽媽，他是來販賣人偶的嗎？」

早苗臉上的表情訴說著她十分想要這個人偶。她抬頭看著媽媽。

「是啊！」

「我想要。我沒有看過這麼棒的人偶。」

男子聽到她這麼說，停下了跳舞的手。

「小姐喜歡嗎？那就拜託媽媽買給妳。媽媽一定會買給妳的。這麼棒的人偶只要一千圓（相當於現在的一萬圓）。光是服飾就有三千圓的價值。夫人，妳覺得怎麼樣？小姐這麼想要人偶，妳就買給她吧！」

好像十五、六歲女孩般的大小，穿著真正友禪綢的和服，同時紮著金線織花錦緞的帶子，售價一千圓實在是太便宜了。

「去問爸爸好了。」

媽媽說著，走到裡面去。再回來的時候，決定買下這個人偶。

「請讓我為小姐服務，把它搬到小姐的房間裡去吧！而且我也想看看小姐收集的人偶。」

男子說著笑了起來。

早苗得到人偶，欣喜若狂，忘記了第一眼看到這名男子時不舒服的感覺。她趕緊邀請這名男子到自己的房間去。

到了房間之後，男子看到玻璃櫃裡的人偶，並將自己所帶來的百合子人偶放在長椅上。從媽媽的手中接過錢之後，男子很有禮貌的鞠了躬就回去了。

早苗等大家都離開房間之後，面對著百合子人偶，持續三十分鐘一動也不動的看著她。真的是太美妙了。

終於，早苗對人偶說道：

「百合子姊姊。」

坐在長椅上的百合子似乎也正在看著自己。她一定聽得到自己在說話吧！

「我喜歡姊姊，好喜歡姊姊唷！」

早苗說著，淚流滿面。

當她用被淚水浸溼的眼睛看著人偶時，發現百合子人偶似乎笑著對她說：「那麼讓我抱抱妳吧！」

「姊姊！」

早苗叫著，撲到人偶的懷中。

深夜的怪物

進一感覺有點擔心。人偶才買了三天，早苗就因為非常喜歡人偶而其他什麼事情都不管了。

進一覺得那個人偶非常可疑。事實上，他並不喜歡來兜售人偶的男子。那傢伙看起來有一張好像西方惡魔般的臉，也許是個魔法師。魔法師所帶來的人偶就是魔法人偶。早苗這麼喜歡這個人偶，是不是中了魔法呢？

這天晚上，進一做了個可怕的惡夢，在半夜裡驚醒。

他有一種奇怪的感覺，好像有什麼事情要發生似的。是不是早苗會出事呢？實在是令人擔心。

進一下了床，迅速穿上枕邊的衣服，來到走廊，躡手躡腳的溜到隔壁房門前，悄悄的打開房門往裡面瞧。

早苗躺在床上睡著了。似乎並沒有發生什麼令人擔心的事情。

於是他悄悄關上門，回到走廊。正打算回到自己的寢室時，卻聽到叩吱叩吱的微微聲響。

進一佇足豎耳傾聽。

好像是從走廊轉角那裡傳來的。叩吱、叩吱……，好像是有人在走路的聲音，但如果是拖鞋，就不可能會發出叩吱、叩吱的聲音啊！難道是自來水滴下來的聲音嗎？也不是啊！還是老鼠在咬木板呢？聲音聽起來不太對勁。

進一覺得心跳加快，覺得事情非比尋常，好像一種具有魔性的東西正接近自己。

他躡手躡腳的來到走廊轉角。這個聲音的確是從走廊那邊傳來的。

進一躲藏起來，瞪大眼睛偷偷的探頭看過去。

他看到微暗的走廊對面，有好像盛開的巨大花朵般的美麗東西正朝著這裡走了過來。

進一嚇了一跳，覺得全身發麻，無法動彈。他想把臉縮回去，但已經縮不回去了。

原來是百合子人偶。友禪綢長袖加上金線織花錦緞帶子的那個美麗人偶，竟然叩吱、叩吱的走了過來。

「不快點把頭縮回來，就會被對方發現了。」

雖然心裡這麼想，但是卻無法動彈，頭縮不回來了。

「啊，被發現了！」

的確被發現了。人偶停下了腳步，一直看著從轉角牆壁探出頭來的進一。

兩人互相瞪著，好像都快要停止呼吸了。雙方眼中射出的光芒好像在空中交錯一般，那是非常可怕的眼神。那個美麗臉龐的眼睛，就像蛇一樣的瞪著自己。那的確是活生生的眼睛，不是人偶的眼睛，而是活人的眼睛。

進一無法忍受和這個可怕的傢伙四目交投，也幾乎快要昏倒了。

但是，在互瞪之下，人偶輸了。好像深怕被對方發現自己是活人似

的，人偶終於轉頭逃走了。

進一知道自己獲勝之後，鼓起勇氣，追趕人偶。

人偶打開對面房間的門，躲到裡面去了。那是早苗的房間。不是寢室，而是白天使用的房間，裡面擺著許多人偶。

進一跑到房間門前。門是緊閉的，轉動把手，並沒有上鎖。人偶當然不可能有鑰匙。

進一用力的打開了門，跳進房間裡。

百合子人偶坐在長椅上。進一一直看著她。真是奇怪！太奇怪了。人偶不可能是活著的。

按住穿著友禪綢和服的肩膀搖晃了一下，並沒有任何觸感，只是覺得有點鬆動。摸摸她的臉，也的確是人偶的臉。觸摸她的手，那也是人偶的手。這到底是怎麼一回事呢？

進一看著這個沒有生命的人偶的美麗臉龐，不由得打從心底升起一股寒意。

火焰寶石王冠

第二天，進一告訴父親昨晚發生的事情。父親說道：

「咦！怎麼可能會有這種事情呢？一定是你睡昏了頭，才會有這種錯覺。」

不理會他的說法。

進一很肯定的說：「我真的看到了。」於是父親說：「好吧！那麼我們就到人偶房間去瞧瞧。」

兩個人走進房間，檢查百合子人偶。但是，再怎麼檢查，那的確是人偶，根本無法想像她竟然會動。

也許這是在腹部裝有機械的自動人偶，因此父子倆也仔細的檢查，

但是，並沒有發現那樣的機械。

進一始終不認為自己前一晚睡昏了頭。爸爸神山，看到進一這麼堅持，似乎有點擔心。

神山先生獨自回到裡面的房間時，把妻子叫了進去。

這個房間的壁龕旁邊擺著大金庫，金庫裡收藏了神山先生非常珍愛的寶物。

「雖然不可能發生這種事情，但如果那真的是可疑的人偶，就有可能是為了想要偷這個金庫中的寶物而行動。」

神山突然想到這一點，因此想要確認一下寶物是否還在金庫裡，否則無法安心。

叫來了妻子，兩個人一起從金庫中取出寶物。

那是一個大的四方形皮箱。神山先生將它放在茶几上，小心翼翼的打開蓋子。

皮箱中天鵝絨的台子上，擺著閃爍著耀眼光輝的寶石王冠。

「啊！是我太神經質了。人偶怎麼可能會偷走這種東西呢？這是不可能的。」

神山先生放下心來，喃喃自語的說著。

「隨時看它，它都很美！總算是平安無事。」

神山夫人也癡癡的看著寶物，似乎也放心多了。

這是神山先生從某個外國寶石商會買來的，據說是以前歐洲某個國家女王的王冠，是黃金的王冠，而且上面鑲有很多鑽石、紅寶石以及其他各種寶石，好像燃燒著五彩的火焰般似的，因此命名為「火焰寶石王冠」。

神山先生認為，把這麼大的東西放在店裡實在太危險了，因此，就把它收藏在自己家裡的金庫中。

「但是為了小心起見，我想還是更換一下金庫密碼。這樣一來，除

了妳我之外，誰都不能打開金庫。」

神山先生說著，想了一會兒，說道：

「嗯！那麼把密碼就更改為早苗吧！用女兒的名字，妳我都不會忘記。」

於是又蓋上皮箱蓋子，將它重新放回金庫當中，關上金庫大門，更改密碼。這時，紙門外傳來微微的聲響，但是神山夫妻並沒有發現。

原來是百合子人偶站在紙門外，偷聽他們的談話。

啊！百合子人偶真的是活生生的。但是再怎麼檢查，都認為她只是個人偶而已，現在她卻偷偷的溜出人偶房間，走到這麼遠的房間來，站在這裡竊聽。

現在還是白天，進一和早苗去上學，還沒有回來。傭人們都在廚房或洗衣廠忙著，所以廣大的屋內空無一人。

百合子人偶站在那裡偷聽，並不擔心會被任何人發現，而且能夠順利的回到人偶房間。

人偶為什麼會動呢？這是有秘密的。難道是兜售百合子人偶那個好像西方惡魔的傢伙，從遠處施以魔法嗎？

少女偵探

進一少年放學回家時，搭乘電車來到千代田區的麴町公寓，拜訪設置在那裡的明智偵探事務所。

進一有事情要和少年偵探團團長小林商量。

進一認為昨晚發生的奇怪事件並不是自己在做夢，所以想要借助團長小林少年的智慧。

但是來到事務所，才知道明智偵探和小林少年都外出，只有少女助手小植獨守。

小植在一年前成為明智偵探的助手，是一位十八歲的女孩。少年偵探團的團員都稱她是「偵探團的姊姊」，非常喜歡她。

小植小姐成為偵探助手不久，因為『魔人銅鑼』（少年偵探第十六集）而遭遇可怕的命運。現在事件結束，她也成為勇敢的少女名偵探。那次事件鍛鍊了她的智慧和身體，現在她已經不亞於任何男子，是個非常聰明、喜歡冒險的女偵探。

進一和這個「偵探團的姊姊」關係不錯，所以不會覺得彆扭。詢問小林團長的去向，姊姊說，小林和明智老師一起到名古屋辦事，最快也要後天才會回來。

於是，進一把昨晚發生的事情一五一十的告訴了小植姊姊，和她商量對策。

「真奇怪，你真的沒有作夢嗎？」

「雖然我爸爸也說我是在作夢，但是，我確定那不是夢。我真的是清醒的。」

「其中應該存在什麼秘密。兜售人偶、好像西方惡魔般的那個人非常可疑。我想裡面應該有什麼計謀。進一，你應該知道人偶老爺爺的事件吧！就是甲野留身這個女孩被擄走的事件。我猜想，那個好像西方惡魔的男子和那個人偶老爺爺之間一定有什麼關係。」

「是嗎？哦，妹妹早苗會不會被擄走呢？」

進一非常擔心。

「也不見得是如此。也許他有其他目的。你們家有沒有被歹徒覬覦的東西呢？」

「的確，我們家有西方女王的寶石王冠。爸爸說那是用錢也買不到的寶物，收藏在我們家的金庫中。」

「哦！那麼也許對方是想要得到這個王冠吧！但是，我們也不必杞人憂天。總之，先打電話和少年偵探團的人商量一下吧！」

小植說著，想了一會兒，突然說道：

「啊！我都給忘了。待會兒有兩名團員要到這裡來玩，也就是井上一郎和阿呂。雖然阿呂很膽小，但是井上有智慧，力氣又大，可以依賴他。等到井上來了，我再和他商量一下。」

「哦！如果是井上，那就沒問題了。我很喜歡他，而且阿呂也很可愛……」

進一也表示贊成。

終於，井上和阿呂來了。四個人圍坐在偵探事務所客廳的桌前商量著。

「我想，按照平常的做法是最好的。在神山家的周圍監視，如果有可疑的人出沒，就跟蹤他。」

井上少年聽了進一的敘述之後，說出自己的意見。

「晚上也要在那裡？半夜也要在那裡嗎？」

阿呂好像有點擔心似的問道。

「太晚的話，可能會被家人責罵，我認為到晚上九點之後，就由流浪少年隊負責監視好了。流浪少年隊即使逗留到半夜也無妨。」

流浪少年隊是，小林團長在上野公園等處聚集的流浪少年們（居無定所、沒有工作、到處徘徊的少年）。明智偵探拜託擔任「蟻町」（第二次世界大戰之後，在東京淺草附近的空地由廢棄物回收業者所創造的城鎮）勞工會會長的朋友讓他們住在那裡打工。

一旦發生任何事件時，可以打電話到「蟻町」的事務所去，讓這些流浪少年們幫助少年偵探團。

「就這麼決定了。當然，我也會去。小林團長不在的時候，我就是少年偵探團的指揮官。我會穿男人的服裝，最危險的事情由我來做。大家不要阻止我。我很想冒險，而且手法也不錯哦……」

小植用好像青年般的活潑口吻說道。

於是立刻打電話到「蟻町」，將流浪少年隊中空閒的孩子叫來。

到了日落黃昏，小植、井上、阿呂，還有三名流浪少年隊隊員，總計六人，穿上骯髒的服裝，坐車到神山進一家附近。

大家分散開來，在神山家圍牆周圍找地方躲藏起來，監視附近，等待著怪事發生。

小偷人偶

神山進一比大家先行一步回家。負責在家中監視那個可疑的人偶。

到了晚上，如果發生什麼奇怪的事情，就從二樓窗戶將筆型手電筒啪、啪、啪閃爍三次，當成信號以通知外面的少年們。這個筆型手電筒是「偵探七大道具」之一。

晚餐後，做完了功課，正打算上床時，並沒有發生什麼事情。

進一穿著白天的衣服躺在床上，但是，想到在外面的同伴，根本就睡不著。

「已經過了晚上九點，井上和阿呂可能已經回家了，但是，小植姊姊和流浪少年隊應該還在那裡，在一片漆黑當中，等待著是否有什麼事情發生。」

進一想到這裡，覺得有點對不起大家。

又過了三十分鐘，進一突然覺得心跳速度加快。家裡的人都睡了，在一片寂靜中，那個美麗的百合子人偶，會不會偷偷的來回走動。他擔心不已。

進一溜下了床，悄悄的打開門，來到走廊。因為電燈已經關了，所以四周一片漆黑。他躡手躡腳的扶著牆壁，朝著人偶的房間走去。

進一突然停下腳步。因為他感覺好像有東西在那裡輕微的移動著。

走廊成T字型。進一的身體好像貼著牆壁似的觀察周圍，感覺對面

的走廊似乎有點光亮透出來。

在微暗當中，清楚的看到友禪綢在那裡飄動著，嗯！原來是百合子人偶。奇怪的人偶，抱住白色四方形好像包袱一樣的東西，咻地穿過對面的走廊。

這絕對不是在作夢。百合子人偶真的是活的。但是，那個白色的包袱到底是什麼東西呢？

「啊！對了。那個大小、還有四方形的形狀，就是裝著『火焰寶石王冠』的皮箱。真的被我猜中了，那傢伙是為了偷走寶石王冠而來到我們家！」

進一在不被對方發現的情況下跟蹤她。

百合子人偶來到走廊的盡頭時，爬上在那裡的階梯。階梯上面對庭院的走廊有幾扇玻璃窗。

人偶來到玻璃窗的正中央時，悄悄的打開玻璃窗。

「咦！難道她想從玻璃窗跳到庭院裡去嗎？那也不必特地爬到二樓呀！只要打開下面走廊的窗子就可以啦……」

進一覺得很奇怪，一直待在這裡的窗邊觀察人偶的行動。

人偶用雙手將放在胸前的白色包袱舉到頭上。

「咦！她到底想要做什麼？」

正感到驚訝時，白色包袱啪的被扔到一片漆黑的庭院中。

白色的東西劃出弧線，落到下面的地上。

「啊！知道了。一定是有人在黑暗的庭院中做為接應，一接到包袱就逃走。」

進一發現到這一點，於是悄悄的打開那裡的空房間的門，迅速溜了進去，跑到面對大門的窗前，靜悄悄的把窗子打開，拿出筆型手電筒，啪、啪、啪的開關手電筒，讓它閃爍三次。

※　　　※

這時，圍牆外一片漆黑的道路上，停著一輛關掉車頭燈的汽車。

全身穿著黑色服裝的男子，夾著白色的包袱，敏捷的跳過圍牆，迅速跑向車子。從打開的後車門外鑽進車子裡。此時，車子無聲無息的開動，漸去漸遠。

但是，這時車子的後方卻發生了奇怪的事情，而怪人並沒有察覺到這一點。

在男子越過圍牆、跑到車上之前，汽車後面的行李廂蓋被打開了三公分。

聽到男子的腳步聲，就好像遭遇敵人的貝殼緊閉開口處似的，行李廂蓋整個蓋起來了。

看來行李廂中似乎躲藏著人。是不是流浪少年隊的成員之一呢？還是女扮男裝的小植躲在行李廂中，打算找出怪人的巢穴呢？

百合子人偶的秘密

進一用手電筒打完信號之後，立刻跑出房間。打算趁著百合子人偶還沒有回到早苗的人偶房間之前，先繞過去等著她。

進一今晚事先就已經做好這樣的計畫。因為上一次追百合子人偶的時候，比百合子晚一步進入人偶房間，因此，坐在那裡的只是一個真正的人偶。

進一想要知道活生生會動的人偶，是如何換成硬梆梆的人偶，因此必須想要比人偶早一步跑到人偶房間裡躲藏起來。

在進一正打算先一步跑進去的時候，百合子在做什麼呢？

百合子人偶扔下四方形的包袱之後，一直站在窗邊，看著黑暗的庭院，似乎想要確認下面的男子接到了包袱並且逃走了。

當時進一用手電筒打信號的窗子，比百合子所站的窗前更接近人偶的房間，因此，他可以搶先一步進入人偶房間。

進一躡手躡腳的跑到人偶的房間，打開牆壁上的開關，電燈啪的亮了起來。

藉著電燈的亮光，進一查看了一下房間，「啊」的叫了出來。他呆立在那裡。

因為百合子人偶不知道什麼時候已經回到房間裡。

「不可能。只有一條走廊，是我先進來的，百合子人偶應該還在途中才對。」

進一認為自己的想法並沒有錯。

「啊！我知道了。」

他突然找到了答案。

「對了！百合子人偶有兩個。一個是硬梆梆、真正的人偶，另一個則是穿著一模一樣和服的活生生的人。對了，就是這樣！先前怎麼一直都沒有察覺到這一點呢？

當我追趕她時，人可能躲進壁櫥當中，只有人偶坐在椅子上。我被騙了，以為看起來好像是活生生的人突然又變成硬梆梆的人偶。

現在，我就躲在壁櫥裡等她回來好了。」

進一迅速的躲進壁櫥，然後把紙門拉上，只留下一點點的縫隙，以便觀察屋內的情況。

這時，聽到叩吱、叩吱的聲音，走廊上傳來人偶的腳步聲，讓人覺得就好像人偶在走路一樣，腳上可能穿著什麼硬的東西。也就是要製造出人偶是活生生的、會動的怪談來嚇人。

進一屏氣凝神，從紙門的縫隙看著屋內的情況，甚至可以聽到自己心跳的聲音。

門迅速的被拉開了。啊！進來了。百合子人偶走進來了。

坐在那裡的百合子人偶和站在門口的百合子人偶長得一模一樣。和服的圖案、帶子、臉都一模一樣。

哇！長長的袖子、華麗的友禪綢圖案、閃耀著光芒的金線織花錦緞帶子。出現兩個美麗的人偶。

進一頓時覺得呼吸困難。

怎麼可能會有這麼神奇的事情呢？竟然有一個和人偶長得一模一樣的少女！

不，不是這樣，應該不能說是少女像人偶，而是以少女為模特兒製造出人偶來。如果是這樣，那就不足為奇了。

和百合子人偶長得一模一樣的少女離開了門前，朝這裡走了過來。看來她是打算躲進壁櫥裡。

進一突然下定決心，想要和這個神奇的少女展開決鬥。

少女走到距離兩公尺遠的地方，接著只剩下一公尺了。就是現在！

進一啪的拉開紙門，從壁櫥裡跳了出來。

「啊！」

少女發出驚訝的叫聲，迅速掉頭跑到門的方向。

「等等！」

進一立刻追趕。跑出門，到了走廊上。

少女邊跑邊解開帶子，轉眼帶子完全被解開了。她跑到面對庭院的窗邊，將帶子的一端勾在窗子的釘子上，剎那間就跳到窗外去了。

進一也跑到窗邊。少女沿著用釘子勾住的帶子滑落到庭院中，立刻啪的跳到地面。

「喂，來人啊！……快抓住百合子人偶……」

進一大叫著，自己也沿著帶子追到了庭院。

少女到了庭院，沿著圍牆的方向跑，同時脫掉長袖和服，裡面穿的是黑色的連身洋裝。

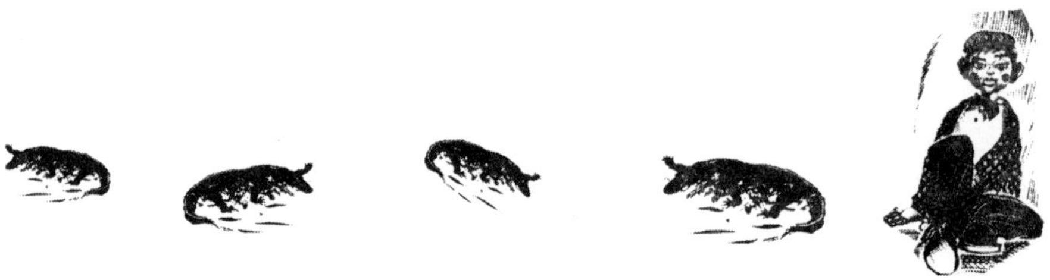

進一也跳到庭院，追趕著少女。

「喂，快點啊！快抓住百合子人偶……」

雖然這樣叫喚，但是，家裡卻好像沒有人跑出來。

少女已經爬過圍牆，就好像雜耍師一樣的身手矯健。進一追到圍牆下，想要拉住少女的腳，但是已經來不及了。站在圍牆上的少女，啪的跳到外面的道路上。

在這段時間內少女到底躲在什麼地方呢？她不可能一直待在壁櫥裡面。難道那個穿著黑色連身洋裝的少女，每天晚上都撩起長袖和帶子而溜到外面去嗎？

活躍的流浪少年隊

當時，三名流浪少年隊的隊員正在圍牆外等待著。流浪少年們聽到進一的叫聲。

「抓住百合子人偶。」

這句話到底是什麼意思呢？大家都覺得很不可思議。但是，反應靈敏的流浪少年們，立刻就醒悟了過來。百合子人偶可能正打算逃到這條路上，因此，他們趴在圍牆外的地面等待著。

對面的圍牆上有黑影在移動，同時進一又大叫著，隨後這個黑影就啪的跳到地面。

聽說百合子人偶穿著長袖衣服，但是這名少女卻穿著黑色的洋裝。由於長時間待在黑暗裡，已經習慣了黑暗，所以，流浪少年們看得非常清楚。

「真奇怪，那是百合子人偶嗎？」

「可是她的確是從圍牆內跳出來的，應該沒錯。」

「那麼，要抓她嗎？」

「當然囉！」

流浪少年們竊竊私語之後，啪的從地面上站了起來，以驚人的速度跑向少女的身邊。

少女從圍牆上跳下來時，似乎差點被絆倒。她立刻就被流浪少年們給抓住了。

「啊！你們要做什麼？你們都是一群髒孩子！」

少女用粗魯的話罵流浪少年們，想要甩開他們的手逃走，但是卻怎麼樣也甩不開。

「別小看我們這些孩子，我們可是少年偵探團的機動部隊流浪少年隊，是明智老師的弟子！」

三個流浪少年異口同聲的叫著，撲向少女。

就在此刻，黑暗中突然傳來粗大的聲音。

「喂！流浪兒，不可以欺負這個女孩。」

少年驚訝的回頭一看。一名穿著黑色毛衣的高大男子站在那裡。

「咦！你是從哪裡冒出來的？」

一名流浪少年大叫著。

「少廢話，放開這名女孩。」

男子跑了過來，抓住流浪少年的手和脖子，把他們推倒。

「哇！好痛！」

「你一定是壞蛋的同夥。別逃！」

雖然被揍，但是流浪少年們仍然勇往直前，與這名男子搏鬥。

然而男子的力量很大，三名流浪少年根本打不過他，全都被揍得很慘，趴倒在地。

「活該！不能動了吧！再見囉！」

男子說完之後，牽著少女的手逃向黑暗中。

這時候神山先生和進一才跑到門口，但已經來不及了。假扮成百合

子人偶的少女已經逃走了。

※　　※

另外一邊，拿走寶石王冠的男子所坐的汽車，停在世田谷區盡頭荒涼原野中的一棟老舊洋房前。

男子慎重的抱著白色四方形包袱下車時，對駕駛吩咐了幾句話，然後就進入屋內。

這是紅色磚瓦建造的兩層樓洋房，看起來很古老，感覺就好像是西方的鬼屋一樣。

圍牆已經遭到破壞，鐵門也變形了。在黑暗中，布滿長春藤的洋房就好像是黑色的巨大怪物，矗立在那裡一樣。

大門已經被弄壞了，即使沒有鑰匙也可以自由出入。男子消失在門中。這時，汽車後方的行李廂被輕輕的打開，一名年輕人跳了出來。

那是穿著男孩服裝的小植，原來小植躲在行李廂裡。她的腋下竟然也夾著四方形白色包袱。咦！這是怎麼一回事？和先前男子所拿的白色包袱一模一樣。

小植是在什麼時候得到這個包袱的呢？難道是從那名男子的手上掉包而來的嗎？

不，不是如此。不過的確是拿著和那名男子同樣的包袱。

那名男子站在紅色磚瓦的洋房入口，正用鑰匙打開門。而石階上擺著白色的包袱。

口袋小鬼

但奇怪的是，當小植跳出汽車的行李廂後，行李廂內還有其他東西在動著。

小植是不是帶了狗狗或貓咪來呢？

不，不是動物，是小孩子。從行李廂中迅速跳出來的是看起來七、八歲大的矮小男孩。

臉非常骯髒，穿著破爛的衣服。他也是流浪少年隊的隊員，都稱他為「口袋小鬼」。

他很矮小，好像可以放進口袋裡似的，因此，有口袋小鬼這個奇怪的綽號。他已經十二歲了，但看起來卻像是個七、八歲大的孩子。

身材雖然矮小，但是頭腦卻聰明，動作靈活，曾經建立許多功勞。是流浪少年隊最受歡迎的人。

口袋小鬼非常敬愛小植姊姊。當小植躲在汽車行李廂中想要找出怪人的巢穴時，他無法坐視不顧，因此也跟了過來，想要保護小植。

小植躲進行李廂的時候，口袋小鬼也立刻鑽了進去。雖然不想讓他去，可是他卻說什麼也不願意下車，非常的頑固。

如果在行李廂內爭吵，一旦被駕駛發現，那可就糟了。於是小植只好任由他去。現在口袋小鬼也出現在這棟可疑的洋房前。

兩個人趁駕駛沒有發現，迅速的離開行李廂，接著，駕駛就把車開走了。

小植和口袋小鬼進入壞掉的門中，趕緊跑到洋房的玄關處。他們平常就練就了無聲無息的奔跑，因此，跑得再快也不會發出聲響。

怪人站在洋房入口門前，正在選出門的鑰匙，打算用鑰匙打開門。四周一片漆黑，洋房的窗子並沒有透露出任何光亮，就好像是棟空屋似的，非常安靜。

怪人將裝著寶石王冠的包袱擺在石階上，正在努力的開著門。可能是鑰匙不對吧，他正在嘗試不同的鑰匙。

就在這個時候，好像有灰色的影子接近黑暗中的石階。因為很暗，所以看不清楚，但好像是人。

影子接近石階之後，又突然遠離，消失在黑暗中。

怪人並沒有發現。門終於打開了，他拿起放在石階上的包袱，進入門中，從裡面把門鎖上了。

窗簾的縫隙

小植和口袋小鬼暫時離開，不知到哪裡去了。三十分鐘後，兩人又出現在洋房門前。小植手上的白色包袱已經不在，口袋小鬼的手上也空無一物。那個包袱到哪裡去了呢？

「姊姊，我們還是趕快離開吧！進去這個鬼屋，不知道會遇到什麼可怕的事情。」

口袋小鬼抓著小植的上衣，輕聲的對她說著。

「沒關係，已經通知警察了。我想進去查探一下賊人首領到底是什麼樣的傢伙？在這個房子裡到底隱藏著什麼樣的機關？我非得要去調查不可。我是名偵探的助手耶！如果你想回去，那你先走好了。」

小植無情的說著，想要趕走小鬼。

「不要，我不要回去。我一定要跟著姊姊。」

口袋小鬼雖然不高興，但也只好保持沈默，跟在小植的身邊。

小植鑽進了門，繞到洋房的側面。不管哪一扇窗戶，都沒有看到光亮。就好像全屋子的人都死光了似的，一片死寂。

小植並沒有考慮到應該先往哪裡去，只是一直往裡面走。終於看到有一扇窗子發出微弱的光亮。心裡覺得很奇怪，於是停下腳步，靠在窗邊，偷偷的往裡面瞧。

玻璃窗已經拉上厚厚的窗簾，兩片窗簾有著微微的縫隙。

小植把臉靠向玻璃窗，查探裡面的情況。

並沒有電燈，只有桌上的蠟燭閃爍著光芒。在微弱的光中，兩名男子在桌前對坐。因為縫隙很小，因此，只能夠看到兩人半邊的臉。

其中一個人就是拿著寶石王冠坐上汽車的男子。

坐在對面的則是個很奇怪的人。頭髮中分，梳得非常平順。倒立的眉毛下方有細小的眼睛閃耀著光芒。高高的鷹勾鼻，黑色的鬍髭留成山羊鬍，好像西方圖畫中惡魔的臉一樣。穿著黑絲絨的長袍，悠閒的坐在扶手椅子上。

「先生，我回來了。事情進行得相當順利，百合子人偶偷聽到金庫的密碼，不費吹灰之力，把東西偷了出來。我把東西拿來了。先生的計謀真是太高明了。」

坐著汽車前來的男子，對好像西方惡魔般的男子報告順利偷出寶石王冠的事情。他一直稱西方惡魔為先生、先生。

這個看起來像西方惡魔的人，就是到神山家裡去兜售人偶的男子。這個傢伙的真實身分到底是什麼呢？他一定和人偶老爺爺有關，也許和人偶老爺爺正是同一個人也說不定。既然是魔法師，當然也可以假扮成任何的一張臉。

「嗯！那個百合子的確發揮了效用，做得非常好。……把寶物拿給我看。」

被稱為先生的西方惡魔，好像很高興似的說著。

男子立刻打開放在桌上的白色包袱，從裡面取出四方形的皮箱，雙手放在箱子的蓋子上，恭恭謹謹的掀開蓋子。在掀開來的瞬間，聽到「啊！」的驚訝叫聲。西方惡魔和男子手下同聲驚呼。

箱子裡面空無一物。「火焰寶石王冠」完全失去了蹤影。而放在天鵝絨座台上的不是寶石王冠，只是一張紙。

西方惡魔趕緊把紙拿過來一看。看完之後，氣得滿臉通紅。原本就倒立的眉毛，這變得更加倒立。細細的眼睛閃耀著光芒。緊抿著紅色的嘴唇，氣得咬牙切齒。

小植當然知道紙上寫些什麼。

那就是——

雖然你藉由百合子人偶讓計畫進行得很順利，但是人外有人，天外有天。你知道寶石王冠是如何從箱子裡被取出來的嗎？百合子人偶的確偷出裝有寶石王冠的箱子，但是寶石王冠卻消失了。

我真同情你！

這就是紙上所寫的內容。為什麼小植知道內容呢？因為這就是小植寫的。

小植知道寶石王冠可能會被偷走時，就詢問神山進一有關箱子的顏色和大小，並且弄來了一個一模一樣的箱子，然後把這封信放在裡面，早就做好了準備。當然也沒有忘記用白色的包巾包起來。

帶著白色的包袱，躲進汽車內的行李廂。當男子將真正的包袱放在洋房入口的石階上、正用鑰匙打開門時，趕緊以贗品調換了真品逃走。

然後將寶石王冠的真品先寄放在朋友家中，再折回洋房。

小植因為自己的計謀得逞而高興萬分。她靜靜的看著窗內的一切。

但是，她太掉以輕心了，並沒有發現到有可怕的怪物正接近她。

人造人

正在偷看窗內情景的小植，突然感覺身後有東西在動。庭院的草叢發出沙沙——微微的聲響。

小植嚇了一跳，不敢回頭。那並不是口袋小鬼，因為那個孩子不可能會發出這樣的聲音。這就好像是大蛇爬出草叢正往這裡爬過來似的。

但是，如果因為害怕而呆立不動，則不知道自己將會遭遇到什麼悲慘的下場，因此，心想只好硬著頭皮回頭看了。

小植下定決心，突然轉頭。

在一片漆黑當中，有個龐然大物正在移動著。

由於先前面對燭火，所以眼睛還不習慣黑暗。等慢慢的習慣黑暗之後，她模模糊糊的看到正在移動的東西。

小植覺得自己的心跳都快要停止了。站在那裡的，並不是什麼妖魔鬼怪或幽靈，而是更可怕的東西。

那傢伙的身體比普通人大一倍，而且形狀就好像岩石一樣。全身像鐵一樣是黑色的，頭是四方形的。

兩顆圓圓的眼睛，冒出紅色的光芒，大大的嘴巴裡，有好像巨石般的牙齒。四方形的手腳，就好像用鐵板打造成似的，每動一下就會僵硬的走著。

小植心想，這是人造人。這傢伙在黑暗中站在自己的身後，想起來就教人害怕。想到自己可能會沒命，內心更加恐懼。

口袋小鬼到哪裡去了？看看四周，並沒有發現那個孩子。如果這個時候那個流浪少年在身邊，至少可以當成精神支柱。

真的是人偶。沒有生命卻會動的人偶。人偶老爺爺以及這個西方惡魔都是製作人偶的專家。女孩人偶會動是圈套，但是，在這裡的確有使用機械就會動的機器人。這是可怕的人造人。

不僅如此，在黑暗中，陸陸續續的出現黑鐵人。它們都是同樣形狀的機器人。眼睛可能是安裝了燈泡，全都綻放出好像霓虹燈般的紅色光芒，而且似乎會啪、啪的眨眼，光芒時而出現時而消失。

總共有五個機器人，但小植卻覺得好像比這個數目還要多出兩、三倍。

請大家想像一下。在一片漆黑的庭院當中，看到五個比人大一倍的機械鐵人，紅色的眼睛一眨一眨的，正邁開鐵腿慢慢的朝自己接近，的確是教人害怕。要是一般人可能早已經昏倒了。

機器人發出嘰哩、嘰哩、嘰哩的齒輪聲，逐漸朝小植逼近。

小植想要從機器人和機器人之間逃走。

但是，她根本就逃不掉。機器人就好像活人一樣，不管小植逃到哪裡，他們都會邁開步伐，伸出手朝該處攻擊。鐵手的力量很大，根本拂不開。

「救命啊……」

小植終於大叫出聲，逃回西方惡魔所在的房間窗邊。面對西方惡魔總比面對機器人好一點吧。

窗子不知何時完全暗了下來。燭火已經消失。

聽到打開玻璃窗的聲音。一片漆黑的房間裡突然伸出兩隻手，抓住小植的雙臂，一把將她拖進房裡。

可能是西方惡魔或他的手下吧，小植暗忖，畢竟他們都是人，這樣總比被可怕的人造人包圍更讓人安心。

「妳是誰？」

魔法人偶

在黑暗中，粗大的聲音問道。那是西方惡魔的聲音。小植跌落在房間的地上，沈默不語。這時男子手下說道：

「先生，這傢伙應該是個壞蛋。當我在打開玄關的門時，把包袱放在石階上。

他會不會趁著這個空檔，把裡面的東西偷走了呢？或者是用另一個箱子掉包了呢？總之，後來我突然覺得包袱變輕了。嗯！對了，應該沒錯，就是這樣。

先生，這傢伙一定是敵人派來的間諜。雖然他不是明智小五郎，但應該是明智的手下。一定要嚴刑拷問。」

男子手下終於恍然大悟。

「交給我來辦吧！我有個好計謀。如果這個傢伙是明智的手下，那就是非常重要的人質。我要讓這個傢伙看看我的魔力，當做是送給明智先生的禮物。哇哈哈哈……」

西方惡魔用令人生懼的聲音，奇怪的笑著。

地底的叢林

「喂！你是誰？穿著男人的服裝，但是看起來卻像是個女人。啊！我知道了。聽說明智偵探的助手中有一位叫做小植的少女，妳就是小植吧！一定是妳把寶石王冠的包袱掉包了，沒錯吧？快，說實話。」

西方惡魔面露可怕的表情逼問。

小植不知道該如何回答，只是默默的瞪著對方。

「回答不出來了嗎？好，那麼就由我來說好了。妳的臉上已經說明了一切，哇呵呵呵呵……既然妳來到這裡，那麼，我就讓妳看看有趣的東西，妳一定會感到驚訝的。妳會在這裡停留一陣子，不過也可能一輩子都再也無法回到明智偵探的身邊了。」

雖然語氣溫和，但是卻帶著可怕的威脅意味。西方惡魔似乎打算把小植一直關在這裡。

「來，到這裡來，我要讓妳看看有趣的東西。我是美術家，我會做人偶，還會做其他很多東西。我所做的東西全都有靈魂，會動哦！剛才的機器人也是我製造出來的。」

西方惡魔說著，握緊了小植的手腕。感覺就好像被鐵夾住似的，力量大得驚人，無法甩開。

小植就這樣被猛力的拉扯著站了起來，跟在惡魔的身後離去。離開門外，來到走廊，從另外一邊的門進入另一個房間。

「妳在這裡等一下，我會帶妳去個好地方。」

惡魔說完就砰的把門關了起來，從外面上了鎖，不知到哪裡去了。

小植站在門邊看著房內的一切。沒有任何裝飾，非常簡陋。正中央擺著一張大桌子，桌子的對面則有個男子坐在椅子上。

這個奇怪的男子，穿著紅色西裝，打著短短的綠色領帶。頭髮像西方人一樣是茶色的，臉好像塗滿了油似的發亮，而且茶色濃眉下的圓眼正瞪著這邊。

令人覺得可怕的是，那雙眼睛只是直視這邊，眨也不眨一下。不光是眼睛，整個身體就好像木乃伊一樣，一動也不動。

小植嚇得想要逃走，但是根本無法逃走。這裡只有一個門，而剛才西方惡魔已經從門外上了鎖。

「妳到這裡來。」

聽到像孩子般高亢的聲音。坐在桌前的男子說話了，但是，嘴巴和眼睛都沒有動。

感覺就好像是用腹語術在說話似的。

小植沒有回應，仍然呆立在原地。男子則反覆說著同樣的話。

「妳到這裡來。」

小植覺得自己好像被大磁鐵吸住似的，雖然不想走過去，但是腳卻很自然的往前邁出。

「嘿嘿嘿嘿嘿……」

往桌前走了三步時，聽到奇怪的笑聲。桌前男子的眼睛和嘴巴都沒有動，但是卻會笑。在笑聲還沒有結束時，又發生了可怕的事情。

小植站著的腳下地板突然不見了。

頓時小植覺得自己的身體好像飄浮在空中似的，咻的不斷沈入深谷中，最後就這樣的跌落在地。

原來小植走過去的地板是個陷阱。陷阱上的蓋子打開了，因此才會覺得全身彷彿飄浮在空中似的。下面則好像有溜滑梯似的東西，小植在上面滑行，掉落到地下室去。

在上面房間桌子對面的可怕男子，是西方惡魔所做的人偶。當然，他的聲音是錄音機的聲音。人偶說「到這裡來」，事實上就是要小植走到陷阱上方。

地下室裏一片漆黑，在眼睛還沒有習慣黑暗之前，根本不知道眼前的一切。不久之後，可以朦朧的看到四周。

就好像在森林裡一樣。家裡有森林，真是奇怪。但這裡的確是大樹林立，是森林沒有錯。就好像曾在照片中看到的南洋叢林一般，樹林非常茂密。

小植覺得自己似乎在作夢。地下室竟然會有森林，簡直是想都沒有想過的事情。

妖怪樹

叢林裡有很多看都沒有看過的茂密樹木。沒有樹枝，粗大的藤蔓不斷的延伸，捲起周圍。樹葉非常的大，形狀就好像綠巨人的扇子般。另

外還有類似普通羊齒植物，但卻大上千倍的植物。

像妖怪般的茂密樹葉中，出現鮮紅色的東西。因為太過於鮮紅，讓人覺得好像是火在燃燒似的。

小植對眼前的這一切十分好奇，甚至忘了自己是俘虜，很想在叢林裡逛逛。

於是小植仍然以跌落在地的姿勢挪移臀部，畏畏縮縮的在叢林中前進。

看到像蛇一樣糾纏在一起如藤蔓般的樹枝，還有巨大的樹葉。終於來到了先前看到的鮮紅東西的旁邊。

那是一朵令人驚異的巨大紅花，形狀有如放大千倍的百合花。相比之下，小植覺得自己好像是十公分大的小人似的。如果說這種巨大的花是普通的百合花，那麼小植就像是蝴蝶般的大小。

突然發現背部有東西在動，好像是人的手。回頭一看，粗細約五公

分的長長藤蔓，就像蛇一樣想要捲住小植的身體。

小植驚慌的想要逃走。但此時藤蔓就好像是活生生的東西一樣，不斷的延伸，很快的就捲住小植的腹部。

力量十分驚人，一旦捲住，就再也鬆不開了。藤蔓不斷的朝著樹幹的方向爬升，不一會兒工夫就把小植整個人吊在空中。

雖然小植揮舞著手腳掙扎，但是，依然被吊了起來。

小植曾在書上看過南洋叢林裡有可怕的樹木，會用藤蔓捲起人體，把人吃掉。人們稱這種樹為食人樹。

她心想，這一定就是食人樹。

「救命啊……」

小植在空中掙扎、哀嚎著。

「嘿嘿嘿嘿嘿……」

這時聽到叢林裡傳來可怕的笑聲。咦！妖怪樹會笑嗎？這種樹的樹幹十分粗大，上面看起來好像是一張人的臉，樹幹的皺紋看起來好像是眼睛、鼻子和嘴巴。

張開嘴巴，好像就快要將小植吃掉似的。小植覺悟到自己沒命了。

「嘿嘿嘿嘿嘿……。不用擔心，在這個森林裡有很多有趣的東西，妳慢慢的欣賞吧！」

隨著奇怪的聲音結束之後，樹木的藤蔓也開始下降。小植被放在地面上，原本捲住她的藤蔓突然鬆開了。

叢林之王

小植精疲力盡的躺在那裡好一陣子，突然發現對面的樹叢中好像有東西在動。

看起來是藍黑色黏滑的東西。那傢伙好像剝開了大的羊齒葉，朝這

裡走了過來。

小植原以為可能是大蟒蛇，嚇了一跳。但那不是蛇，因為有長腳。

啊！鱷魚，是比蛇更可怕的食人鱷魚。

但是，真的有藍黑色的鱷魚嗎？

那傢伙露出一半的身子，形狀和鱷魚一模一樣。凸出兩顆大眼睛，尖尖的嘴巴一開一閉，伸出好像火焰般的紅黑色長舌。

知道了，原來是蜥蜴。那是比普通蜥蜴大好幾千倍的妖怪蜥蜴。身體黏滑，搖搖晃晃走路的姿勢，和蜥蜴一模一樣。

雖然不是蛇，但這麼大的蜥蜴可能會吃人。

小植忍住想要逃走的念頭，待在原地不動。因為只要一動，對方就可能會撲向自己。

大蜥蜴搖搖晃晃的走了過來，來到小植的身邊，低著頭看著小植的臉。張開大大的嘴巴，吐出如火焰般的紅黑色舌頭，想要舔小植的臉。

小植覺得全身發麻，無法動彈，也無法發出聲音。

大蜥蜴繞著小植的周圍不停地打轉，就好像發現獵物似的，高興得手舞足蹈。

但是，事實上並非如此。大蜥蜴好像在乎什麼東西似的，嚇得逃走了。

「姊姊，小心點，叢林之王快要來了。我很怕那個傢伙，我怕會被他抓走。姊姊，妳要成為我的夥伴幫助我。」

大蜥蜴在小植的身邊打轉，用好像小孩一般高亢的聲音說道。

這個叢林裡的樹木會說話，蜥蜴也會說話。西方惡魔利用魔法的力量創造出來的叢林，真的處處都是奇怪的事情。

小植發現大蜥蜴非常膽小，感到有點安心。但是，叢林之王到底是指什麼呢？到底會出現什麼可怕的傢伙呢？

現在又得要擔心這檔事了。

「來了，來了，叢林之王來了。姊姊，妳要小心點。」

大蜥蜴又用高亢的聲音說著。

這時對面的樹叢又開始晃動，接著從裡面伸出比人大一倍的手。手上覆蓋著褐色的毛，手掌是黑色的。

另一隻手也伸出來了。雙手撥開樹葉，露出可怕的臉。

臉也一樣被褐色的毛所覆蓋，臉上有兩個炯炯的大眼睛。塌塌的鼻子，露出的黃板牙，嘴巴大到與耳朵相連。啊！是大猩猩。這個叢林裡居然住著大猩猩。

大猩猩現身，粗大的短腿，搖搖晃晃的走向這邊。

看到這麼驚人的大猩猩，小植再也無法忍耐了。

「哇！救命啊……」

她大叫著，想要逃走。

這時，大猩猩的口中發出「咕嚕嚕嚕嚕……」的可怕聲音，很快朝這裡飛撲過來。

小植覺得自己現在即將被殺，整個人趴在地上。但是，大猩猩並不是撲向小植，而是朝大蜥蜴撲了過去。

「哇！救救我……」

聽到大蜥蜴發出高亢的聲音。

大猩猩抓住大蜥蜴，把毛絨絨的雙手放在大蜥蜴的上顎和下顎處，「咕嚕嚕嚕……」，發出奇怪的聲音，抬起大蜥蜴的頭。

接下來的瞬間，發生了更可怕的事情。大猩猩用雙手掰開大蜥蜴的嘴，就這樣的用力一拉，大蜥蜴裂成兩半。

奇怪的是，大蜥蜴雖然被撕裂了，卻沒有流血。肚子裡面並沒有內臟，而是裝了一堆大大小小的雜亂齒輪。

被撕裂開來的齒輪，發出咔嘰的聲音，掉落在地上。

大蜥蜴並不是活的，而是藉著齒輪活動的東西。西方惡魔不光是會

製作人偶，對於製作動物也有一手。大蜥蜴用高亢的聲音說出的話，一定是來自錄音帶。

大猩猩將大蜥蜴的屍體踩扁，接著又以可怕的臉看著呆在原地、一臉茫然恐懼的小植。

大猩猩與大鵬

小植覺得自己這一回鐵定活不成了。因為大猩猩可能隨時都會飛撲過來，而自己就會像先前的大蜥蜴一樣被分屍。

大猩猩露出黃板牙，裂嘴笑了起來。不，並不是在笑，只是看起來好像在笑。牠那毛絨絨的雙手正伸向小植，想要抓住她。

這時，對面漆黑的天空突然颳起可怕的風。豎立在那裡的大樹枝和藤蔓就好像是魔女的頭髮似的，朝向一邊伸展。

聽到喳的聲音。可怕的龐大東西從空中飛了過來。

因為體積實在是太大了，最初根本不知道那是什麼東西，後來定神仔細一看，才赫然發現原來那是一隻巨大的鵰。光是一片翅膀就長達兩公尺，牠揮舞著大大的翅膀，隨風飛了過來。

大猩猩嚇了一跳，抬頭看著天空，暫時放過小植，大鵰並沒有看到小植，直接對著大猩猩撲了過去。

叢林之王和空中之王展開激烈的爭鬥。

大鵰的大尖嘴對準大猩猩的喉嚨啄了過去。大猩猩「噢」的呻吟了一聲，想要用雙手抓住大鵰的脖子。但是，大鵰有兩隻雄壯的腳，腳趾上的利爪抓住了大猩猩的肩膀和胸部。

大鵰仍然拍動著翅膀，好像飛機的螺旋槳似的颳起了狂風。小植覺得自己好像快要被風吹走似的。周圍的樹枝不斷搖晃，小草連根拔起，像灰塵一樣的飛舞著。

啊！大猩猩倒下來了。大鵰用巨大的翅膀裹住大猩猩，並用鳥嘴啄牠的喉嚨。

大猩猩是否會被打倒了呢？為什麼叢林之王會這麼軟弱呢？

「喀喀喀、喔喔喔……」

聽到可怕的呻吟聲。兩隻毛絨絨的手臂，將大鵰的脖子緊按在自己的胸前。雖然大鵰的嘴啄向自己的喉嚨，但是大猩猩並不害怕。大猩猩脖子上厚厚的毛皮沾上了松脂，也沾上沙子，像鐵一樣的硬。就算是大鵰，也無法咬破這麼堅硬的喉嚨。

「咕嚕嚕、嘰嘰嘰……」

又是一陣奇怪的聲音。大鵰的脖子被勒住，發出哀嚎聲。

大鵰已經無力對付對方，痛苦的拍著大翅膀，力量愈來愈薄弱。

突然之間，大猩猩坐在大鵰的身上，好像要用牠那巨大沈重的身體把下面的大鵰壓扁似的。雙手仍然勒著大鵰的喉嚨，一點也不放鬆。

大鵰終於一動也不動了。大猩猩放開勒住大鵰脖子的手，扭斷大鵰的翅膀，撕裂牠的腹部。

啊！結果大鵰的腹部，也是掉落出大小不一的各種齒輪。

原來這隻大鵰也是西方惡魔打造的。

小植看了之後，終於安心了。大蜥蜴、大鵰都是打造的，應該都只是利用齒輪啟動的東西而已。

然而在大猩猩可怕的眼睛瞪視之下，牠又露出了黃板牙，讓人又是一陣心驚膽戰襲擊。

小植心想，應該趁現在趕快逃走。但是雖想逃走，腳卻站不起來，全身發麻無力，就這樣的趴在原地，不知道該如何是好。

大猩猩的僕人

大猩猩獲勝之後站了起來，「喔——喔——」的發出歡呼聲，用雙手拚命的波、波拍打自己的胸部。

這好像是一種信號，頓時叢林中傳來了「嘰、嘰」的叫聲，很多猴子跑了出來。

一隻、兩隻、三隻……八隻，總共有八隻臉和臀部都是紅色的普通猴子。大猩猩的體積雖然比人大很多，但是，現在跑出來的猴子，牠們的身材卻像人類的孩子一樣。牠們全都是叢林之王的僕人，圍繞著大猩猩，一隻隻的跪在那裡，畢恭畢敬的抬頭看著國王。

大猩猩好像在回應牠們似的，再次「喔——」的大叫著，而且回頭看著小植。好像是在說，這下子要輪到妳了，同時也邁開步伐，朝小植走去。

「哇！救命啊……」

小植身體發麻，雖然無法逃走，但還是放聲大叫。

大猩猩毛絨絨的龐大身軀，已經到了一公尺處的距離。

哇！不行了。現在自己可能真要被勒緊脖子，或是被撕成兩半了。想到此處，小植覺得血液從頭頂慢慢的往下降，什麼都看不到，後來就昏倒了。

這時，發生了意想不到的事情。

「喔！」

大猩猩好像很生氣的叫著。因為牠的僕人猴子們抓住了牠的腳。兩隻腳各被三隻猴子給抓住。

大猩猩想要踢開牠們，但是六隻猴子的力量加起來也是挺大的。大猩猩一不小心就朝這裡滾了過來。

「吱、吱、吱、吱……」

猴子們發出喜悅的聲音，全部都爬到大猩猩的身上。大猩猩的四隻手腳掙扎著，想要拂開這些傢伙。但是，每當想要逃走時，牠們就聚集過來。真是頑固的猴子，令牠無法脫困。

「喀、喔……」大猩猩發出可怕的聲音大叫著。

恍惚中，小植突然發現有一隻猴子抱住了自己的身體。接觸到毛絨絨的身體，正打算要大叫時，卻聽到有人在耳邊說話。

「不要怕，我是小林。我已經知道那傢伙的秘密了。妳看著吧！」

小植覺得自己好像在作夢，打算救自己的猴子竟然會說人話。

「知道了嗎？我是小林。」

雖然對方這麼說，可是她根本不相信。對方既然是猴子，又怎麼會是小林？為什麼會變成這種情況呢？但自己的確聽過這個聲音，這的確是明智偵探的助手小林的聲音。

「你是小林芳雄嗎？」

小植輕聲問道。

「是啊！我們來救妳哪！現在明智老師和中村警官已經趕到這裡來了。」

「哦！那麼那個西方惡魔呢？」

「妳等著看吧！就在那裡。」

小植趕緊看看周圍。

可怕的大猩猩因為許多猴子的捉弄而下場很悲慘。猴子把大猩猩的頭扯了下來。但是，扯下來的並不是頭，而是大猩猩戴的假面具。大猩猩的裡面竟然是一個人。當大猩猩的頭部被扯下來的時候，露出了人的臉。

啊！是那個西方惡魔。黑色中分的頭髮，留著鬍髭，那個西方惡魔披著大猩猩的毛皮，假扮成大猩猩。

奸計被識破之後，西方惡魔無奈的脫掉身上的大毛皮，露出穿著緊身衣的姿態站在那裡。

「喂！你們是不是秀逗了？明明是我的手下，怎麼可以犯上呢？」

他以可怕的聲音大叫著。這時一隻猴子用小孩的聲音答道：

「我們不是你的手下，你的手下全都被綁在那間房間裡。」

「什麼？那麼你們又是誰？」

「少年偵探團和流浪少年機動隊啊！我是流浪少年機動隊的人，團長也在啊！就在小植姊姊的旁邊。那隻大猴子就是小林團長。」

啊！這到底是怎麼一回事？由小林團長率領的少年偵探團和流浪少年機動隊，何時偷偷的潛入地底的叢林中呢？

後來才知道，這次立大功的人，原來就是在小植被機器人包圍時不知道消失到哪裡去的口袋小鬼。口袋小鬼是流浪少年機動隊的一員，身材嬌小，甚至可以鑽到口袋裡去，因此有這樣的綽號。

他雖然身材嬌小，但卻十分聰明。他看到小植置身險境，於是立刻跑回街上打電話給小林團長，告訴他西方惡魔的巢穴，然後自己再跑回去，從窗子溜了進去。所幸身材非常嬌小，因此沒有人發現到他。他在整個房子裡四處走動，終於查出地底叢林的秘密。

地底叢林當然是西方惡魔所建造的，後面有像後台一樣的房間。那裡有八名少年穿著猴子的毛皮，他們是大猩猩大王的僕人，正打算到叢林去。

接到電話的小林團長，立刻通知明智偵探這件事情，自己則立刻聚集了附近的五名少年偵探團團員，以及五名流浪少年隊成員，一起坐車趕到這裡。與口袋小鬼會合之後，來到後台，綁住八名少年，在他們嘴裡塞東西，不讓他們發出聲音。

之後，從少年偵探團和流浪少年隊中選出了八名少年，穿上猴子的毛皮，假扮成大猩猩的手下進入叢林中。大猩猩不知道事情的始末，當然會很驚訝。

叢林的獵物

八隻猴子陸續脫掉毛皮，露出他們的真實身分。有的是穿著白襯衫的少年，有的是穿著破爛毛衣的流浪少年。而另外兩名並沒有扮成猴子的穿學生服少年，也從後面出現了。

小林少年脫掉毛皮，露出穿著襯衫的裝扮。牽著小植的手，笑著注視西方惡魔。

西方惡魔氣呼呼的看著少年們，但突然又覺得十分好笑似的放聲大笑。

「哇哈哈哈哈哈……。小林，你做得的確不錯。哇哈哈哈哈……，但是你想我會輸給你們這些孩子嗎？我是魔法師，這棟房子裡有你們意

想不到的可怕機關，你們還是小心為妙。哇哈哈哈哈……」

西方惡魔一邊笑著，一邊往右移了五、六步，腳用力的踩著地面的某處。這時眾人眼前啪的變成了一片紅色，砰、砰、砰、砰，聽到可怕的聲響。

紅色的火棒噴向天花板，成為美麗的金粉落到地面上。

原來是煙火。這是不知道踩那裡的按鈕就會出現煙火的機關。

大家看著金色的煙火。這個煙火的聲音竟然是個信號。從叢林的樹幹處，穿著黑色緊身衣、和西方惡魔同樣打扮的男子，一個、兩個、三個、四個、五個，像妖魔鬼怪似的出現了。

「哇哈哈哈哈……。這才是我真正的僕人。你們趕快去抓住這些傢伙，不要讓這個女孩給逃走了。」

西方惡魔得意的叫道。

這邊是十個小孩，而對方包括西方惡魔在內則是六個大人，佔有絕對的優勢。孩子們雖然想要逃走，但是，穿著黑色緊身衣的男子卻從四面八方包圍過來，根本無處可逃。

男子們笑著攤開雙手逼近，立刻就有一名少年被抓住，「哇——」的大叫著。

就在此時，發生了奇怪的事情。叢林樹幹後面冒出了黑影。

咦！是戴著帽子、穿著制服的警察，一個、兩個、三個……有七個人。陸續出現的警察，慢慢的接近穿著黑色緊身衣的男子。

「啊！中村先生。」

小林少年大叫著。原來是警政署的中村警官，另外六人則是他的警察部下。

「小林啊，是這個孩子帶我們進來的。」

當中村警官這麼說的時候，站在他身後的矮小少年跑到前面來。

「啊，口袋小鬼！」

「小林團長，太棒了！已經沒事了。明智老師快要趕到了。」

口袋小鬼高興的叫著。

警察們撲向穿著黑色緊身衣的男子們，展開激烈的戰鬥。

西方惡魔一邊閃躲，一邊想要逃走，但是，卻又放聲大笑起來。

「哇哈哈哈哈……，。什麼？明智會來？那真是痛快！你們還不知道這棟房子裡有什麼樣的機關哩……」

一名警察撲向西方惡魔。

「滾開！我才懶得跟你們交手，待會兒再收拾你們。」

啪的跳開來，想要逃到樹後。在聽到喀的一聲後，叢林中突然變得一片漆黑。原來是電燈的開關被關上了。

但是，警察們早就料到會有這麼一招，因此，每個人都隨身攜帶手電筒。手電筒在各處都亮了起來，光線圍繞著整個房間。

黃金虎

「哇哈哈哈哈……。到這裡來吧！喂！就在這裡，哇哈哈哈哈哈……小心一點比較好哦！這房子裡有很多機關哦！而且我還養了可怕的守衛。哇哈哈哈……。在這裡，我在這裡。」

西方惡魔好像要指出自己的所在地似的，啪啪的拍手。然而聲音漸去漸遠。

那傢伙先前說「養了守衛」。既然是「養」，那麼應該就不是人，可能是可怕的動物。

在地底的黑暗之中，除了大猩猩、大蜥蜴和大鵰之外，難道還躲藏著其他的動物嗎？

警察們用手電筒照亮四周，同時跟隨著對方拍手的聲音前進。

穿過叢林的大樹幹之後，看到對面是一個漆黑的洞穴入口。用手電筒的燈光往那裡一照，正好看到西方惡魔跑到裡面去。

「啊！那裡有一個洞，那傢伙剛剛逃進去了。大家全部到那個洞裡去！」

中村警官一聲令下，兩名勇敢的警察很快的跑到洞穴裡去。

洞穴就好像隧道一樣，彎彎曲曲的綿延不斷。

轉了兩個彎，在手電筒的光線下，看到西方惡魔面對這裡站住。臉上帶著笑容，正在向大家招手。

西方惡魔的手下們還在叢林裡和剩下的四名警察以及少年偵探團的團員們搏鬥，也許現在壞人已經被銬上手銬了呢！

洞穴中的西方惡魔是單獨一人，他為什麼能夠這麼鎮定呢？這裡有兩名警察，還有中村警官，以及後來跟上來的小林少年和口袋小鬼五個人，西方惡魔一個人當然沒有辦法抵擋。

對方的態度過於鎮定，反而讓人覺得可疑。警察們站在那裡，並沒有繼續前進。

就在這個時候，不知道從哪裡傳來「喔——……」的可怕叫聲。那不是人，而是動物的聲音，而且是猛獸的叫聲。

大家嚇了一跳，手電筒照著聲音傳來的方向。

右邊還有另外一個洞口，那裡是叉路。動物的叫聲似乎就是從叉路裡面傳過來的。

「啊！」

站在前面的警察不禁大叫。他到底看到了什麼？在叉路的洞穴裡到底有什麼東西呢？

突然光亮一閃，出現金色的東西，而且愈來愈大，好像有什麼東西正從洞穴裡走了過來。

「哇哈哈哈哈……。你們要小心哦！守衛出來了，現在就吃掉你們

嘍！」

西方惡魔說出威脅的話，好像覺得很有趣似的笑了出來。

「啊！是老虎！」

小林發現之後大叫起來。大家開始後退。

洞中出現的是一隻大老虎，而且是金色的黃金虎。

「吼……喔……」

黃金大老虎現身洞外，張開血盆大口，發出怒吼聲。

「快點攻擊這些警察，在那裡的全都是我的敵人，知道嗎？」

西方惡魔大聲的使喚老虎。老虎按照他的吩咐，兩隻眼睛閃耀著光芒，朝著他們跑了過來。

「喔……」

老虎露出尖牙，再度大吼一聲，慢慢的朝這裡靠近。

警察和小林都想逃走，只有口袋小鬼若無其事的微笑站在原地。

「喂！口袋小鬼，太危險了，快逃啊！」

小林很擔心的叫道，但是，口袋小鬼回頭看看大家，又笑了起來。這是為什麼呢？

就在此刻，發生了奇怪了事情。

朝著這裡接近的老虎，突然停下了腳步，慢慢的繞到右邊，看著西方惡魔。

「喂！你做什麼啊？不是我，是要幹掉那裡的警察！」

西方惡魔嚇了一跳，對老虎大吼。

但是，老虎慢慢的逼近西方惡魔，在距離一公尺處，「吼……」的叫了一聲。突然一躍而起，撲向西方惡魔。

「哇……」

西方惡魔發出可怕的叫聲，跌倒在地。

老虎騎在他的身上，就快要咬住他的喉嚨了。

「哇哈哈哈哈……」

這時候，突然聽到與西方惡魔完全不同的燦爛笑聲。大家都嚇了一跳，頓時目瞪口呆。

從先前老虎走出來的洞穴，又看到有人走了出來。

「啊，明智老師！」

小林高興的叫道。

原來是名偵探明智小五郎，他不知道什麼時候已經來到這裡。明智穿著和平常一樣的黑色西裝，瀟灑的站在那裡。

「哇哈哈哈……，赤堀先生，你可以脫掉你的毛皮了。」

明智偵探說著莫名其妙的話。赤堀先生指的是誰呢？他又是在什麼地方呢？

這時又有怪事發生了。騎在西方惡魔身上的老虎，突然用後腿站了起來，掙扎了一會兒之後，肚子突然裂開，伸出一個人頭來。

啊！這到底是怎麼一回事呢？

最後的王牌

黃金虎並不是真正的老虎，而是有人藏在虎皮中。那個怒吼聲，只是在毛皮中用會發出這種聲音的笛子吹出來的。假老虎會張開嘴巴，則是利用絞鏈，由裡面的人用嘴巴讓假老虎的嘴巴活動而已。

脫掉皮毛之後，出現一個似曾相識、頭髮斑白的老人。啊，對了！是老人赤堀鐵州。小林假扮成少女獨闖鬼屋躲在鎧甲櫃的時候，從外面打釘子把他關起來的那個喝醉酒的老爺爺，就是眼前的這名老人。老爺爺說要成為明智偵探的弟子，看來他真的已經成為明智偵探的弟子，而且還幫助明智偵探呢！

赤堀老爺爺瞪著倒下的西方惡魔叫道：

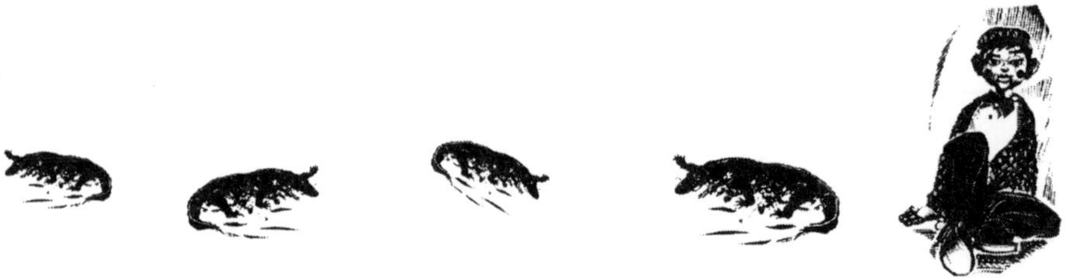

「你忘記我了嗎？你冒用我赤堀鐵州的名字，要木宮貨運店把留身人偶送到甲野先生那裡去，然後又假扮成西方惡魔。你一定就是那個人偶老爺爺，竟然想要把我燒死，你這個人偶惡魔！

我為了報復，成為明智先生的弟子，而且和在這裡的口袋小鬼攜手合作，與明智先生一起溜到這裡來。

有關你的計謀，口袋小鬼全都知道了，他知道你派手下披著這張虎皮跑到這裡來。

於是明智先生先發制人，將躲在毛皮中的你的手下抓了出來，綁起來扔在洞穴裡，而由我鑽進毛皮裡，出現在這裡。

哇哈哈哈……活該！我終於報仇了。太痛快了，我從來都沒有這麼高興過。哇哈哈哈……。喂！人偶惡魔，你想到了沒有啊？」

赤堀老人說著，用力的踢腳下的西方惡魔。

口袋小鬼為什麼能夠處變不驚，保持鎮靜，現在大家終於明白原因了。因為帶著明智偵探和赤堀老人來到這裡的，正是口袋小鬼。

「畜生！」

西方惡魔搖搖晃晃的站了起來，用可怕的表情瞪著口袋小鬼，似乎想要抓住他。

看到這種情況，明智偵探趕緊跑了過去，擋住西方惡魔。

「喂！你到現在還想掙扎嗎？我看還是放棄算了。你的秘密我們都知道了。」

西方惡魔背貼著牆壁，對明智說道：

「什麼？我的秘密？哇哈哈哈……，你真的全都知道了嗎？我還有王牌呢！」

「你的王牌我也知道。你的氣數已經盡了。」

明智鎮靜的說道。

「在地底下製造出這樣的機關，不愧是人偶惡魔。不過，你的魔法

全都是騙小孩的把戲。這個叢林看起來很寬廣，其實那只是全景攝影館的把戲，真正的樹木並不多，其他的全都是畫在牆壁上的油畫，藉著光線使得畫看起來跟真實的景物一模一樣，所以，感覺空間非常的寬廣。這是你最拿手的奇術。

關於大鵰和大蜥蜴，則都是用肉眼看不到的堅固細繩，從天花板吊起來的，好像人偶一樣的移動，看起來活生生的。而樹幹上出現的好像怪物的臉，則是因為樹本身就用紙糊的。聲音全都是用錄音帶播放出來的。哈哈哈……，你的魔法的確是騙小孩的把戲。

你假扮成人偶老爺爺，製作各種人偶和動物，想要嚇嚇世人，這是為什麼呢？雖然說騙取金錢和寶石是其中一個理由，但是，還有其他的目的。」

「哦！這你也知道了嗎？」

西方惡魔惡狠狠的說道。

「你的目的是想要震驚世人，讓世人知道你的存在。因為我經常讓你遭遇悲慘的下場，你想要對我報復。這個世界上這麼恨我的男子沒有別人，只有你。要我說出你的真實姓名嗎？」

明智說到這裡，暫時打住，微笑了起來。而西方惡魔就好像是出現在神面前的真正惡魔似的，雙手遮住臉，想要逃走。

「等等，你真正的大名是怪盜二十面相！」

名偵探的聲音就像一把利刃，刺中他的胸膛。西方惡魔遮著臉，呆立在那裡，但是很快的又撫平情緒。當手從臉上移開時，他那佈滿血絲的眼睛瞪著明智偵探。

「你又想讓我遭遇悲慘的下場嗎?好，既然如此，我也只好使出最後的王牌。你等著瞧吧！」

怪盜二十面相大叫著跑開，像箭一樣快速的朝洞穴深處跑去。

明智偵探和中村警官、兩名警察、小林少年立刻追趕，只有口袋小

鬼朝著與大家相反的方向跑去。口袋小鬼經常做出一些意外之舉。他朝反方向跑去，也就是重新回到洞穴入口。他到底想要做什麼呢？

明智偵探等五人拚命的追趕西方惡魔，西方惡魔二十面相仍然在做垂死的掙扎，快速的跑著，大家根本追不上他。

二十面相逃到洞穴最深處的房間，進去之後，啪的房間亮了起來。原來二十面相點燃了火把。那裡隨時都準備著火把，現在則用打火機點燃了火把。

「哇哈哈哈……，讓你們看看我最後的下場，但是你們也都要一起葬身火窟。這個地下道、叢林，還有上面的洋房，全都會被炸掉。」

二十面相大叫著。在火把熊熊火焰的照耀下，西方惡魔的臉正盯著一個大鐵桶瞧。

啊，糟了！大鐵桶裡面一定塞滿了火藥。二十面相打算將火把丟入鐵桶，到時候火藥爆炸，一切都會被炸掉。

「來，你們再靠近一步，大家就會同歸於盡。」

聽到他這麼說，中村警官和警察們都臉色蒼白。雖然很想飛撲過去奪走火把，但卻沒有機會。再往前一步，那傢伙就會扔出火把，因此動彈不得。

「哇哈哈哈哈……」

明智偵探似乎覺得很好笑似的大笑了起來。中村警官等人都驚訝的看著他，懷疑明智是不是瘋了。

「哇哈哈哈哈……，你扔扔看啊！咻的一聲，火就會熄滅了。二十面相，我當然知道你的秘密，也知道火藥的秘密，所以早就在火藥上澆水了。你看，鐵桶裡全都泡滿了水，你的最後王牌已經不管用了。」

聽到他這麼說，二十面相嚇了一跳，用火把的光照向鐵桶裡。果然正如明智所說，裡面已經泡滿了水。

二十面相已經沒有掙扎的力量了，軟弱的蹲在地上。聽到明智這麼

說，兩名警察趕緊撲了過去，二十面相立刻被銬上手銬，同時被用事先準備的繩子緊緊的捆住身體。

這時口袋小鬼帶頭，許多少年跟著他跑了過來，裡面也包括小植。

「那是二十面相。明智老師終於抓到二十面相了。」

「哇，太棒了！明智老師萬歲！」

最膽小的阿呂率先大叫，大家也跟著他高呼明智老師與少年偵探團萬歲、勝利。

解說

錯誤的眼光、正確的眼光

佐藤宗子
（兒童文學研究者）

本作品在以前出版的時候，書名為『惡魔人偶』，現在在月刊雜誌「少女俱樂部」連載時，則回到最初的書名『魔法人偶』。一九五七年在雜誌上連載了一年，當時和手塚治蟲的漫畫『火鳥』，都是令人讚賞的故事，深受少女讀者的喜愛。作者江戶川亂步以「人偶」為題材，就是考慮到少女讀者的興趣。

的確，「人偶」是大家所熟悉的玩具。另一方面，日本人偶留著長長的頭髮……這類的怪談時有所聞。內田善美的漫畫『草迷宮・草空間』，就是述說日本人偶有生命的故事，製造精巧的人偶，擁有「人」的

「形狀」，因此，當然有人會懷疑它是不是真的有生命、會呼吸呢！本作品中登場的人偶都非常的漂亮，除了深深被這些人偶吸引之外，也有點害怕這些人偶……相信很多人都有這樣的感受。

故事繼續看下去。前半段大致是指想要奪取金錢、對於寶物有所執念，後半段則是描述躲在汽車行李廂中的驚險追蹤故事，展開這一系列書籍的趣味性。但是，大家會不會覺得有點不一樣呢？其中似乎隱藏著一種黑暗的怨念或憎惡的感覺。

在前半段小林少年所面臨的危機中，當時被認為壞人的赤堀鐵州把鎧甲櫃釘死，使得小林少年被關在裡面無法出來。

還有，甚至有人想要放火燒死赤堀老人。做出這些恐怖事件的元凶，的確讓人恨之入骨，但犯人真的是打算連普通的人偶師赤堀老人都燒死嗎？

在故事最後登場的明智，指出一連串的犯罪不光是為了大筆金錢和寶石，事實上也是為了向名偵探明智小五郎報復。二十面相心中真的是存在著這些念頭嗎——若以享受遊戲的感覺來看「偵探故事」，那麼在這部作品當中出現的行為，會不會使得現在正閱讀本書的少年少女了解到真正犯罪深淵的黑暗呢？

流浪少年機動隊所居住的蟻町（1958年）。
每日新聞社提供

閱讀這部作品的本領，就在於大家是否具有「知道何者為真」的正確眼光——尤其是關於「人偶」和「叢林」。

在作品中登場的人物——大人和小孩——甚至少年少女偵探都被問到這個問題。甚至包括二十面相及其手下，在整個故事當中，都在考驗著大家的眼光。

不知道大家是否注意到，作品的後半段，是僅僅發生在一天內的事情。放學回

家的進一來到麴町的事務所，得知「明智先生到名古屋出差」，而最後明智竟然悠哉悠哉的登場了。他為什麼能夠識破二十面相早已準備好了的火藥罐，而事先將其全部泡水了呢？這到底又是怎麼一回事呢？

如果不一邊做筆記一邊看下去，恐怕很難察覺吧！隨著後半段故事的展開，持續追蹤到地下叢林的景象，令人感到驚訝。這個空間有令人迷惑的過程，相當精彩。

當初在雜誌上發表時，電視還不普及，不像現在，藉著電視畫面就可以看到世界各地的大自然和動物生態。所以對當時的讀者而言，就算察覺到這不是真正的叢林，可是藉由作者的生花妙筆，讀者可以悠遊於地下叢林中，同時還可以閉上眼睛幻想一下叢林的景觀。

一方面創造了這麼誇張的空間，另一方面假扮成西方惡魔的二十面相，到底心裡在想些什麼，大家會不會覺得他的心意很難揣測呢？他就像是不死鳥一樣，每次都以犯罪者的姿態出現在明智與少年偵探團的面前，這也正是本書的魅力所在。你到底是以正確的眼光還是錯誤的眼光來做判斷呢？

閱讀本書之後，大家就可以自我考驗一下了，同時也忍不住又想看下一本。反覆思考故事的真偽，這正是讀者們感興趣的地方。

少年偵探 1~26

江戶川亂步　著

1 怪盜二十面相

接獲失蹤的壯一即將歸國的好消息的同時，羽柴家也接到這封通知信。
擅長喬裝改扮的怪盜，到底會以什麼姿態來盜取寶石？
老人、青年，還是……。
「怪盜二十面相」與名偵探明智小五郎初次對決，現在就要開始了！

2 少年偵探團

整個東京都內，不斷傳出有關「黑色妖魔」的傳聞，而且陸續發生綁架少女事件，以及篠崎家的寶石，還有黑影似乎偷偷的靠近五歲的愛女小綠。難道由印度傳來的「受到詛咒的寶石」的傳說是真的嗎……。
繼『怪盜二十面相』之後，名偵探明智小五郎和少年助手小林芳雄所帶領的「少年偵探團」大活躍。

3 妖怪博士

跟蹤可疑的老人身後，來到一間奇妙的洋房。
少年偵探團團員之一的相川泰二，在那兒發現被五花大綁的美少女。
妖怪博士的魔爪伸向為了救出少女而偷偷溜進洋房的泰二。
此外，還有更可怕的事情，正等著追查整個事件的三名團員們……。

4 大金塊

秘密文件的另一半被盜走了！
那是說明宮瀨礦造爺爺留下的龐大遺產「大金塊」藏匿地點的秘文，
為了取回被奪走的一半秘密文件，而進入竊賊地下指揮部的少年小林，
他所看到的意外事實真相到底是什麼？
名偵探明智解開了謎樣的文章，趕赴島上，取回大金塊。

5 青銅魔人

在月光的照耀下，赫然出現一張嘴巴裂開如新月型的金屬臉，怪物體內發出齒輪轉動聲。
在半夜偷走鐘錶店裡的懷錶的竊賊，難道就是這個用青銅做成的機械人？
少年小林新組成「青少年機動隊」，為了名偵探明智小五郎，奮鬥不懈。
是否真的能夠掌握青銅魔人的真面目呢？

6　地底魔術王

在天野勇一所居住的城市裡，搬來了一個奇怪的叔叔。
他在少年們的面前，展現神乎其技的魔術，是一位魔法博士。
他說：「在我所住的洋房裡有『奇異國』。」
有一天，勇一和少年小林造訪洋房。但是就在博士展開魔術表演的舞台上，勇一消失在觀衆的面前。

7　透明怪人

一名紳士走進城鎮盡頭的磚瓦建築物中。
就在尾隨於其身後的兩名少年的眼前，
這個神秘男子脫掉大衣、襯衫，結果一裡面什麼也沒有。
肉眼看不到的透明怪人出現了，珠寶店和銀行大為震驚。
化裝成人體服裝模特兒的透明怪人出現在百貨公司，引起一陣騷動。

8　怪人四十面相

幾度從監獄中脫逃的怪盜二十面相，這次改名為「四十面相」，
宣佈要逃獄。
為了查明真相，來到拘留所的明智小五郎，與二十面相見面之後，
為什麼匆忙趕到世界劇場的後台去了呢……
劇場正上演著「透明怪人」事件的戲碼。

9　宇宙怪人

衆人啊的大叫一聲，屏住呼吸，因為在東京市的大都會銀座上空出現了五個 「在天空飛行的飛碟」。
彷彿來自遙遠星球的世界，擁有蝙蝠翅膀如大蜥蜴般的宇宙怪人降臨。
被在深山登陸的飛碟抓住的木村青年，訴說可怕的體驗，使得全日本，不，應該說是全世界都陷入大混亂中。

10　恐怖的鐵塔王國

「我有東西要給你看哦！」
小林少年被轉角處的老人叫住，看到偷窺箱裡竟然有從森林的圓形鐵塔爬下來的巨大獨角仙……。都市裡出現抓小孩的怪物獨角仙。
獨角仙大王所統治的恐怖鐵塔王國，到底在日本的哪個地方呢？

11　灰色巨人

從百貨公司的寶石展覽會中竊取珍珠的美術品，
然後抓住廣告汽球朝天空逃逸。但是逮到犯人之後，一看……。
綽號「灰色巨人」的怪人，這次盜走了「彩虹皇冠」。
尾隨怪盜而來的少年偵探團，來到一個馬戲團的大帳棚中。
奇妙的竊賊難道躲到裡面去了嗎？

12 海底魔術師

身上覆蓋著鐵製的鱗片，好像鰻魚一般的尾巴……
在黑暗的海底，有著好像黑色人魚的兩個綠色眼睛的怪物。
爬在地上的怪物想要奪走小鐵盒。
交到明智偵探手中的小鐵盒，
隱藏著載有金塊的沉船秘密！

13 黃金豹

屋頂出現了金色的影子，在月光的照射下，劃破了深夜的黑暗，
全身閃耀著黃金般光芒的豹出現在街上。
襲擊銀座的寶石商、吞掉寶石的豹，突然轉身逃走，像煙一般消失了。
夢幻怪獸到底是什麼東西？
夢幻豹

14 魔法博士

少年偵探團中有兩名好搭檔，他們是井上和阿呂。
看到「活動電影院」之後，
一直跟隨活動電影院的兩人，漸漸進入無人的森林中。
擋在面前的，竟然是可怕的黑影……。
等待著兩人的，是黃金怪人「魔法博士」意想不到的策略。

15 馬戲怪人

熱鬧的「豪華馬戲團」公演時，突然出現了可怕的慘叫聲。
觀眾全都回頭看。
在貴賓席黑暗的角落看到白色骷髏的影子！
攻擊馬戲團團長笠原先生一家人的骷髏男的模樣奇怪。
沒有人知道的大秘密，經由明智偵探及少年偵探團的推理而解開謎團。

16 魔人銅鑼

「噹……噹……噹……」空中傳來宛如教會鐘聲般的聲響，不禁抬頭一看。
結果，發現整個空中出現一張惡魔的臉。
巨大的惡魔正露出尖牙笑著。難道這是神奇事件的前兆……。
惡魔的神奇預言出現了。明智偵探的新少女助手小植即將遭遇危險。

17 魔法人偶

「我很喜歡留身哦！和我玩吧！」
和神奇的腹語術小男孩人偶相處得很好的留身，跟隨著小男孩和
白鬍子老爺爺到人偶屋去。
迎接他們的是美麗的姊姊，這位穿著長袖和服、名叫紅子的人偶，
看起來就好像活生生的真人一樣這是假扮成腹語術師的老爺爺的魔術。

大展出版社有限公司 品冠文化出版社	圖書目錄

地址：台北市北投區（石牌）致遠一路二段 12 巷 1 號
電話：(02) 28236031
28236033
郵撥：01669551＜大展＞
傳真：(02) 28272069

・少年偵探・品冠編號 66

1.	怪盜二十面相	（精）	江戶川亂步著	特價 189 元
2.	少年偵探團	（精）	江戶川亂步著	特價 189 元
3.	妖怪博士	（精）	江戶川亂步著	特價 189 元
4.	大金塊	（精）	江戶川亂步著	特價 230 元
5.	青銅魔人	（精）	江戶川亂步著	特價 230 元
6.	地底魔術王	（精）	江戶川亂步著	特價 230 元
7.	透明怪人	（精）	江戶川亂步著	特價 230 元
8.	怪人四十面相	（精）	江戶川亂步著	特價 230 元
9.	宇宙怪人	（精）	江戶川亂步著	特價 230 元
10.	恐怖的鐵塔王國	（精）	江戶川亂步著	特價 230 元
11.	灰色巨人	（精）	江戶川亂步著	特價 230 元
12.	海底魔術師	（精）	江戶川亂步著	特價 230 元
13.	黃金豹	（精）	江戶川亂步著	特價 230 元
14.	魔法博士	（精）	江戶川亂步著	特價 230 元
15.	馬戲怪人	（精）	江戶川亂步著	特價 230 元
16.	魔人銅鑼	（精）	江戶川亂步著	特價 230 元
17.	魔法人偶	（精）	江戶川亂步著	特價 230 元
18.	奇面城的秘密	（精）	江戶川亂步著	特價 230 元
19.	夜光人	（精）	江戶川亂步著	
20.	塔上的魔術師	（精）	江戶川亂步著	
21.	鐵人Q	（精）	江戶川亂步著	
22.	假面恐怖王	（精）	江戶川亂步著	
23.	電人M	（精）	江戶川亂步著	
24.	二十面相的詛咒	（精）	江戶川亂步著	
25.	飛天二十面相	（精）	江戶川亂步著	
26.	黃金怪獸	（精）	江戶川亂步著	

・生 活 廣 場・品冠編號 61・

1.	366 天誕生星	李芳黛譯	280 元
2.	366 天誕生花與誕生石	李芳黛譯	280 元

3. 科學命相 淺野八郎著 220元
4. 已知的他界科學 陳蒼杰譯 220元
5. 開拓未來的他界科學 陳蒼杰譯 220元
6. 世紀末變態心理犯罪檔案 沈永嘉譯 240元
7. 366天開運年鑑 林廷宇編著 230元
8. 色彩學與你 野村順一著 230元
9. 科學手相 淺野八郎著 230元
10. 你也能成為戀愛高手 柯富陽編著 220元
11. 血型與十二星座 許淑瑛編著 230元
12. 動物測驗—人性現形 淺野八郎著 200元
13. 愛情、幸福完全自測 淺野八郎著 200元
14. 輕鬆攻佔女性 趙奕世編著 230元
15. 解讀命運密碼 郭宗德著 200元
16. 由客家了解亞洲 高木桂藏著 220元

・女醫師系列・品冠編號 62

1. 子宮內膜症 國府田清子著 200元
2. 子宮肌瘤 黑島淳子著 200元
3. 上班女性的壓力症候群 池下育子著 200元
4. 漏尿、尿失禁 中田真木著 200元
5. 高齡生產 大鷹美子著 200元
6. 子宮癌 上坊敏子著 200元
7. 避孕 早乙女智子著 200元
8. 不孕症 中村春根著 200元
9. 生理痛與生理不順 堀口雅子著 200元
10. 更年期 野末悅子著 200元

・傳統民俗療法・品冠編號 63

1. 神奇刀療法 潘文雄著 200元
2. 神奇拍打療法 安在峰著 200元
3. 神奇拔罐療法 安在峰著 200元
4. 神奇艾灸療法 安在峰著 200元
5. 神奇貼敷療法 安在峰著 200元
6. 神奇薰洗療法 安在峰著 200元
7. 神奇耳穴療法 安在峰著 200元
8. 神奇指針療法 安在峰著 200元
9. 神奇藥酒療法 安在峰著 200元
10. 神奇藥茶療法 安在峰著 200元
11. 神奇推拿療法 張貴荷著 200元
12. 神奇止痛療法 漆浩 著 200元

・彩色圖解保健・品冠編號 64

1.	瘦身	主婦之友社	300 元
2.	腰痛	主婦之友社	300 元
3.	肩膀痠痛	主婦之友社	300 元
4.	腰、膝、腳的疼痛	主婦之友社	300 元
5.	壓力、精神疲勞	主婦之友社	300 元
6.	眼睛疲勞、視力減退	主婦之友社	300 元

・心 想 事 成・品冠編號 65

1.	魔法愛情點心	結城莫拉著	120 元
2.	可愛手工飾品	結城莫拉著	120 元
3.	可愛打扮 & 髮型	結城莫拉著	120 元
4.	撲克牌算命	結城莫拉著	120 元

・熱 門 新 知・品冠編號 67

1.	圖解基因與 DNA （精）	中原英臣 主編	230 元

法律專欄連載・大展編號 58

台大法學院　　法律學系／策劃
　　　　　　　法律服務社／編著

1.	別讓您的權利睡著了(1)	200 元
2.	別讓您的權利睡著了(2)	200 元

・名師出高徒・大展編號 111

1.	武術基本功與基本動作	劉玉萍編著	200 元
2.	長拳入門與精進	吳彬　等著	220 元
3.	劍術刀術入門與精進	楊柏龍等著	220 元
4.	棍術、槍術入門與精進	邱丕相編著	220 元
5.	南拳入門與精進	朱瑞琪編著	220 元
6.	散手入門與精進	張　山等著	220 元
7.	太極拳入門與精進	李德印編著	280 元
8.	太極推手入門與精進	田金龍編著	220 元

・實用武術技擊・大展編號 112

1.	實用自衛拳法	溫佐惠著	250 元
2.	搏擊術精選	陳清山等著	220 元

3. 秘傳防身絕技 程崑彬著 230 元
4. 振藩截拳道入門 陳琦平著 220 元

・中國武術規定套路・大展編號 113

1. 螳螂拳 中國武術系列 300 元
2. 劈掛拳 規定套路編寫組 300 元
3. 八極拳

・中華傳統武術・大展編號 114

1. 中華古今兵械圖考 裴錫榮主編 280 元
2. 武當劍 陳湘陵編著 200 元

・武術特輯・大展編號 10

1. 陳式太極拳入門 馮志強編著 180 元
2. 武式太極拳 郝少如編著 200 元
3. 練功十八法入門 蕭京凌編著 120 元
4. 教門長拳 蕭京凌編著 150 元
5. 跆拳道 蕭京凌編譯 180 元
6. 正傳合氣道 程曉鈴譯 200 元
7. 圖解雙節棍 陳銘遠著 150 元
8. 格鬥空手道 鄭旭旭編著 200 元
9. 實用跆拳道 陳國榮編著 200 元
10. 武術初學指南 李文英、解守德編著 250 元
11. 泰國拳 陳國榮著 180 元
12. 中國式摔跤 黃 斌編著 180 元
13. 太極劍入門 李德印編著 180 元
14. 太極拳運動 運動司編 250 元
15. 太極拳譜 清・王宗岳等著 280 元
16. 散手初學 冷 峰編著 200 元
17. 南拳 朱瑞琪編著 180 元
18. 吳式太極劍 王培生著 200 元
19. 太極拳健身與技擊 王培生著 250 元
20. 秘傳武當八卦掌 狄兆龍著 250 元
21. 太極拳論譚 沈 壽著 250 元
22. 陳式太極拳技擊法 馬 虹著 250 元
23. 二十四式 三十二式 太極 拳 劍 闞桂香著 180 元
24. 楊式秘傳 129 式太極長拳 張楚全著 280 元
25. 楊式太極拳架詳解 林炳堯著 280 元
26. 華佗五禽劍 劉時榮著 180 元
27. 太極拳基礎講座：基本功與簡化 24 式 李德印著 250 元

28. 武式太極拳精華	薛乃印著	200 元
29. 陳式太極拳拳理闡微	馬　虹著	350 元
30. 陳式太極拳體用全書	馬　虹著	400 元
31. 張三豐太極拳	陳占奎著	200 元
32. 中國太極推手	張　山主編	300 元
33. 48 式太極拳入門	門惠豐編著	220 元
34. 太極拳奇人奇功	嚴翰秀編著	250 元
35. 心意門秘籍	李新民編著	220 元
36. 三才門乾坤戊己功	王培生編著	220 元
37. 武式太極劍精華 +VCD	薛乃印編著	350 元
38. 楊式太極拳	傅鐘文演述	200 元
39. 陳式太極拳、劍 36 式	闞桂香編著	250 元
40. 正宗武式太極拳	薛乃印著	220 元
41. 杜元化＜太極拳正宗＞考析	王海洲等著	300 元
42. ＜珍貴版＞陳式太極拳	沈家楨著	280 元
43. 24 式太極拳＋VCD	中國國家體育總局著	350 元
44. 太極推手絕技	安在峰編著	250 元
45. 孫祿堂武學錄	孫祿堂著	300 元
46. ＜珍貴本＞陳式太極拳精選	馮志強著	280 元
47. 武當趙保太極拳小架	鄭悟清傳授	250 元

・原地太極拳系列・大展編號 11

1. 原地綜合太極拳 24 式	胡啟賢創編	220 元
2. 原地活步太極拳 42 式	胡啟賢創編	200 元
3. 原地簡化太極拳 24 式	胡啟賢創編	200 元
4. 原地太極拳 12 式	胡啟賢創編	200 元

・道學文化・大展編號 12

1. 道在養生：道教長壽術	郝　勤等著	250 元
2. 龍虎丹道：道教內丹術	郝　勤著	300 元
3. 天上人間：道教神仙譜系	黃德海著	250 元
4. 步罡踏斗：道教祭禮儀典	張澤洪著	250 元
5. 道醫窺秘：道教醫學康復術	王慶餘等著	250 元
6. 勸善成仙：道教生命倫理	李　剛著	250 元
7. 洞天福地：道教宮觀勝境	沙銘壽著	250 元
8. 青詞碧簫：道教文學藝術	楊光文等著	250 元
9. 沈博絕麗：道教格言精粹	朱耕發等著	250 元

・易學智慧・大展編號 122

1. 易學與管理	余敦康主編	250 元

2. 易學與養生　劉長林等著　300元
3. 易學與美學　劉綱紀等著　300元
4. 易學與科技　董光壁著　280元
5. 易學與建築　韓增祿著　280元
6. 易學源流　鄭萬耕著　280元
7. 易學的思維　傅雲龍等著　250元
8. 周易與易圖　李　申著　250元

・神算大師・大展編號 123

1. 劉伯溫神算兵法　應　涵編著　280元
2. 姜太公神算兵法　應　涵編著　280元
3. 鬼谷子神算兵法　應　涵編著　280元
4. 諸葛亮神算兵法　應　涵編著　280元

・秘傳占卜系列・大展編號 14

1. 手相術　淺野八郎著　180元
2. 人相術　淺野八郎著　180元
3. 西洋占星術　淺野八郎著　180元
4. 中國神奇占卜　淺野八郎著　150元
5. 夢判斷　淺野八郎著　150元
6. 前世、來世占卜　淺野八郎著　150元
7. 法國式血型學　淺野八郎著　150元
8. 靈感、符咒學　淺野八郎著　150元
9. 紙牌占卜術　淺野八郎著　150元
10. ESP 超能力占卜　淺野八郎著　150元
11. 猶太數的秘術　淺野八郎著　150元
12. 新心理測驗　淺野八郎著　160元
13. 塔羅牌預言秘法　淺野八郎著　200元

・趣味心理講座・大展編號 15

1. 性格測驗　探索男與女　淺野八郎著　140元
2. 性格測驗　透視人心奧秘　淺野八郎著　140元
3. 性格測驗　發現陌生的自己　淺野八郎著　140元
4. 性格測驗　發現你的真面目　淺野八郎著　140元
5. 性格測驗　讓你們吃驚　淺野八郎著　140元
6. 性格測驗　洞穿心理盲點　淺野八郎著　140元
7. 性格測驗　探索對方心理　淺野八郎著　140元
8. 性格測驗　由吃認識自己　淺野八郎著　160元
9. 性格測驗　戀愛知多少　淺野八郎著　160元
10. 性格測驗　由裝扮瞭解人心　淺野八郎著　160元

11. 性格測驗　敲開內心玄機　淺野八郎著　140 元
12. 性格測驗　透視你的未來　淺野八郎著　160 元
13. 血型與你的一生　淺野八郎著　160 元
14. 趣味推理遊戲　淺野八郎著　160 元
15. 行為語言解析　淺野八郎著　160 元

・婦幼天地・大展編號 16

1. 八萬人減肥成果　黃靜香譯　180 元
2. 三分鐘減肥體操　楊鴻儒譯　150 元
3. 窈窕淑女美髮秘訣　柯素娥譯　130 元
4. 使妳更迷人　成　玉譯　130 元
5. 女性的更年期　官舒妍編譯　160 元
6. 胎內育兒法　李玉瓊編譯　150 元
7. 早產兒袋鼠式護理　唐岱蘭譯　200 元
8. 初次懷孕與生產　婦幼天地編譯組　180 元
9. 初次育兒 12 個月　婦幼天地編譯組　180 元
10. 斷乳食與幼兒食　婦幼天地編譯組　180 元
11. 培養幼兒能力與性向　婦幼天地編譯組　180 元
12. 培養幼兒創造力的玩具與遊戲　婦幼天地編譯組　180 元
13. 幼兒的症狀與疾病　婦幼天地編譯組　180 元
14. 腿部苗條健美法　婦幼天地編譯組　180 元
15. 女性腰痛別忽視　婦幼天地編譯組　150 元
16. 舒展身心體操術　李玉瓊編譯　130 元
17. 三分鐘臉部體操　趙薇妮著　160 元
18. 生動的笑容表情術　趙薇妮著　160 元
19. 心曠神怡減肥法　川津祐介著　130 元
20. 內衣使妳更美麗　陳玄茹譯　130 元
21. 瑜伽美姿美容　黃靜香編著　180 元
22. 高雅女性裝扮學　陳珮玲譯　180 元
23. 蠶糞肌膚美顏法　梨秀子著　160 元
24. 認識妳的身體　李玉瓊譯　160 元
25. 產後恢復苗條體態　居理安・芙萊喬著　200 元
26. 正確護髮美容法　山崎伊久江著　180 元
27. 安琪拉美姿養生學　安琪拉蘭斯博瑞著　180 元
28. 女體性醫學剖析　增田豐著　220 元
29. 懷孕與生產剖析　岡部綾子著　180 元
30. 斷奶後的健康育兒　東城百合子著　220 元
31. 引出孩子幹勁的責罵藝術　多湖輝著　170 元
32. 培養孩子獨立的藝術　多湖輝著　170 元
33. 子宮肌瘤與卵巢囊腫　陳秀琳編著　180 元
34. 下半身減肥法　納他夏・史達賓著　180 元
35. 女性自然美容法　吳雅菁編著　180 元
36. 再也不發胖　池園悅太郎著　170 元

37. 生男生女控制術	中垣勝裕著	220 元
38. 使妳的肌膚更亮麗	楊　皓編著	170 元
39. 臉部輪廓變美	芝崎義夫著	180 元
40. 斑點、皺紋自己治療	高須克彌著	180 元
41. 面皰自己治療	伊藤雄康著	180 元
42. 隨心所欲瘦身冥想法	原久子著	180 元
43. 胎兒革命	鈴木丈織著	180 元
44. NS 磁氣平衡法塑造窈窕奇蹟	古屋和江著	180 元
45. 享瘦從腳開始	山田陽子著	180 元
46. 小改變瘦 4 公斤	宮本裕子著	180 元
47. 軟管減肥瘦身	高橋輝男著	180 元
48. 海藻精神秘美容法	劉名揚編著	180 元
49. 肌膚保養與脫毛	鈴木真理著	180 元
50. 10 天減肥 3 公斤	彤雲編輯組	180 元
51. 穿出自己的品味	西村玲子著	280 元
52. 小孩髮型設計	李芳黛譯	250 元

・青春天地・大展編號 17

1. A 血型與星座	柯素娥編譯	160 元
2. B 血型與星座	柯素娥編譯	160 元
3. 0 血型與星座	柯素娥編譯	160 元
4. AB 血型與星座	柯素娥編譯	120 元
5. 青春期性教室	呂貴嵐編譯	130 元
7. 難解數學破題	宋釗宜編譯	130 元
9. 小論文寫作秘訣	林顯茂編譯	120 元
11. 中學生野外遊戲	熊谷康編著	120 元
12. 恐怖極短篇	柯素娥編譯	130 元
13. 恐怖夜話	小毛驢編譯	130 元
14. 恐怖幽默短篇	小毛驢編譯	120 元
15. 黑色幽默短篇	小毛驢編譯	120 元
16. 靈異怪談	小毛驢編譯	130 元
17. 錯覺遊戲	小毛驢編著	130 元
18. 整人遊戲	小毛驢編著	150 元
19. 有趣的超常識	柯素娥編譯	130 元
20. 哦！原來如此	林慶旺編譯	130 元
21. 趣味競賽 100 種	劉名揚編譯	120 元
22. 數學謎題入門	宋釗宜編譯	150 元
23. 數學謎題解析	宋釗宜編譯	150 元
24. 透視男女心理	林慶旺編譯	120 元
25. 少女情懷的自白	李桂蘭編譯	120 元
26. 由兄弟姊妹看命運	李玉瓊編譯	130 元
27. 趣味的科學魔術	林慶旺編譯	150 元
28. 趣味的心理實驗室	李燕玲編譯	150 元

29. 愛與性心理測驗	小毛驢編譯	130 元
30. 刑案推理解謎	小毛驢編譯	180 元
31. 偵探常識推理	小毛驢編譯	180 元
32. 偵探常識解謎	小毛驢編譯	130 元
33. 偵探推理遊戲	小毛驢編譯	180 元
34. 趣味的超魔術	廖玉山編著	150 元
35. 趣味的珍奇發明	柯素娥編著	150 元
36. 登山用具與技巧	陳瑞菊編著	150 元
37. 性的漫談	蘇燕謀編著	180 元
38. 無的漫談	蘇燕謀編著	180 元
39. 黑色漫談	蘇燕謀編著	180 元
40. 白色漫談	蘇燕謀編著	180 元

・健康天地・大展編號 18

1. 壓力的預防與治療	柯素娥編譯	130 元
2. 超科學氣的魔力	柯素娥編譯	130 元
3. 尿療法治病的神奇	中尾良一著	130 元
4. 鐵證如山的尿療法奇蹟	廖玉山譯	120 元
5. 一日斷食健康法	葉慈容編譯	150 元
6. 胃部強健法	陳炳崑譯	120 元
7. 癌症早期檢查法	廖松濤譯	160 元
8. 老人痴呆症防止法	柯素娥編譯	170 元
9. 松葉汁健康飲料	陳麗芬編譯	150 元
10. 揉肚臍健康法	永井秋夫著	150 元
11. 過勞死、猝死的預防	卓秀貞編譯	130 元
12. 高血壓治療與飲食	藤山順豐著	180 元
13. 老人看護指南	柯素娥編譯	150 元
14. 美容外科淺談	楊啟宏著	150 元
15. 美容外科新境界	楊啟宏著	150 元
16. 鹽是天然的醫生	西英司郎著	140 元
17. 年輕十歲不是夢	梁瑞麟譯	200 元
18. 茶料理治百病	桑野和民著	180 元
20. 杜仲茶養顏減肥法	西田博著	170 元
21. 蜂膠驚人療效	瀨長良三郎著	180 元
22. 蜂膠治百病	瀨長良三郎著	180 元
23. 醫藥與生活	鄭炳全著	180 元
24. 鈣長生寶典	落合敏著	180 元
25. 大蒜長生寶典	木下繁太郎著	160 元
26. 居家自我健康檢查	石川恭三著	160 元
27. 永恆的健康人生	李秀鈴譯	200 元
28. 大豆卵磷脂長生寶典	劉雪卿譯	150 元
29. 芳香療法	梁艾琳譯	160 元
30. 醋長生寶典	柯素娥譯	180 元

31. 從星座透視健康	席拉・吉蒂斯著	180 元
32. 愉悅自在保健學	野本二士夫著	160 元
33. 裸睡健康法	丸山淳士等著	160 元
34. 糖尿病預防與治療	藤山順豐著	180 元
35. 維他命長生寶典	菅原明子著	180 元
36. 維他命 C 新效果	鐘文訓編	150 元
37. 手、腳病理按摩	堤芳朗著	160 元
38. AIDS 瞭解與預防	彼得塔歇爾著	180 元
39. 甲殼質殼聚糖健康法	沈永嘉譯	160 元
40. 神經痛預防與治療	木下真男著	160 元
41. 室內身體鍛鍊法	陳炳崑編著	160 元
42. 吃出健康藥膳	劉大器編著	180 元
43. 自我指壓術	蘇燕謀編著	160 元
44. 紅蘿蔔汁斷食療法	李玉瓊編著	150 元
45. 洗心術健康秘法	竺翠萍編譯	170 元
46. 枇杷葉健康療法	柯素娥編譯	180 元
47. 抗衰血癒	楊啟宏著	180 元
48. 與癌搏鬥記	逸見政孝著	180 元
49. 冬蟲夏草長生寶典	高橋義博著	170 元
50. 痔瘡・大腸疾病先端療法	宮島伸宜著	180 元
51. 膠布治癒頑固慢性病	加瀨建造著	180 元
52. 芝麻神奇健康法	小林貞作著	170 元
53. 香煙能防止癡呆？	高田明和著	180 元
54. 穀菜食治癌療法	佐藤成志著	180 元
55. 貼藥健康法	松原英多著	180 元
56. 克服癌症調和道呼吸法	帶津良一著	180 元
57. B 型肝炎預防與治療	野村喜重郎著	180 元
58. 青春永駐養生導引術	早島正雄著	180 元
59. 改變呼吸法創造健康	原久子著	180 元
60. 荷爾蒙平衡養生秘訣	出村博著	180 元
61. 水美肌健康法	井戶勝富著	170 元
62. 認識食物掌握健康	廖梅珠編著	170 元
63. 痛風劇痛消除法	鈴木吉彥著	180 元
64. 酸莖菌驚人療效	上田明彥著	180 元
65. 大豆卵磷脂治現代病	神津健一著	200 元
66. 時辰療法—危險時刻凌晨 4 時	呂建強等著	180 元
67. 自然治癒力提升法	帶津良一著	180 元
68. 巧妙的氣保健法	藤平墨子著	180 元
69. 治癒 C 型肝炎	熊田博光著	180 元
70. 肝臟病預防與治療	劉名揚編著	180 元
71. 腰痛平衡療法	荒井政信著	180 元
72. 根治多汗症、狐臭	稻葉益巳著	220 元
73. 40 歲以後的骨質疏鬆症	沈永嘉譯	180 元
74. 認識中藥	松下一成著	180 元

75. 認識氣的科學	佐佐木茂美著	180 元
76. 我戰勝了癌症	安田伸著	180 元
77. 斑點是身心的危險信號	中野進著	180 元
78. 艾波拉病毒大震撼	玉川重德著	180 元
79. 重新還我黑髮	桑名隆一郎著	180 元
80. 身體節律與健康	林博史著	180 元
81. 生薑治萬病	石原結實著	180 元
83. 木炭驚人的威力	大槻彰著	200 元
84. 認識活性氧	井土貴司著	180 元
85. 深海鮫治百病	廖玉山編著	180 元
86. 神奇的蜂王乳	井上丹治著	180 元
87. 卡拉 OK 健腦法	東潔著	180 元
88. 卡拉 OK 健康法	福田伴男著	180 元
89. 醫藥與生活	鄭炳全著	200 元
90. 洋蔥治百病	宮尾興平著	180 元
91. 年輕 10 歲快步健康法	石塚忠雄著	180 元
92. 石榴的驚人神效	岡本順子著	180 元
93. 飲料健康法	白鳥早奈英著	180 元
94. 健康棒體操	劉名揚編譯	180 元
95. 催眠健康法	蕭京凌編著	180 元
96. 鬱金（美王）治百病	水野修一著	180 元
97. 醫藥與生活	鄭炳全著	200 元

・實用女性學講座・大展編號 19

1. 解讀女性內心世界	島田一男著	150 元
2. 塑造成熟的女性	島田一男著	150 元
3. 女性整體裝扮學	黃靜香編著	180 元
4. 女性應對禮儀	黃靜香編著	180 元
5. 女性婚前必修	小野十傳著	200 元
6. 徹底瞭解女人	田口二州著	180 元
7. 拆穿女性謊言 88 招	島田一男著	200 元
8. 解讀女人心	島田一男著	200 元
9. 俘獲女性絕招	志賀貢著	200 元
10. 愛情的壓力解套	中村理英子著	200 元
11. 妳是人見人愛的女孩	廖松濤編著	200 元

・校園系列・大展編號 20

1. 讀書集中術	多湖輝著	180 元
2. 應考的訣竅	多湖輝著	150 元
3. 輕鬆讀書贏得聯考	多湖輝著	180 元
4. 讀書記憶秘訣	多湖輝著	180 元

5. 視力恢復！超速讀術	江錦雲譯	180 元
6. 讀書 36 計	黃柏松編著	180 元
7. 驚人的速讀術	鐘文訓編著	170 元
8. 學生課業輔導良方	多湖輝著	180 元
9. 超速讀超記憶法	廖松濤編著	180 元
10. 速算解題技巧	宋釗宜編著	200 元
11. 看圖學英文	陳炳崑編著	200 元
12. 讓孩子最喜歡數學	沈永嘉譯	180 元
13. 催眠記憶術	林碧清譯	180 元
14. 催眠速讀術	林碧清譯	180 元
15. 數學式思考學習法	劉淑錦譯	200 元
16. 考試憑要領	劉孝暉著	180 元
17. 事半功倍讀書法	王毅希著	200 元
18. 超金榜題名術	陳蒼杰譯	200 元
19. 靈活記憶術	林耀慶編著	180 元
20. 數學增強要領	江修楨編著	180 元
21. 使頭腦靈活的數學	逢澤明著	200 元

・實用心理學講座・大展編號 21

1. 拆穿欺騙伎倆	多湖輝著	140 元
2. 創造好構想	多湖輝著	140 元
3. 面對面心理術	多湖輝著	160 元
4. 偽裝心理術	多湖輝著	140 元
5. 透視人性弱點	多湖輝著	180 元
6. 自我表現術	多湖輝著	180 元
7. 不可思議的人性心理	多湖輝著	180 元
8. 催眠術入門	多湖輝著	150 元
9. 責罵部屬的藝術	多湖輝著	150 元
10. 精神力	多湖輝著	150 元
11. 厚黑說服術	多湖輝著	150 元
12. 集中力	多湖輝著	150 元
13. 構想力	多湖輝著	150 元
14. 深層心理術	多湖輝著	160 元
15. 深層語言術	多湖輝著	160 元
16. 深層說服術	多湖輝著	180 元
17. 掌握潛在心理	多湖輝著	160 元
18. 洞悉心理陷阱	多湖輝著	180 元
19. 解讀金錢心理	多湖輝著	180 元
20. 拆穿語言圈套	多湖輝著	180 元
21. 語言的內心玄機	多湖輝著	180 元
22. 積極力	多湖輝著	180 元

・超現實心靈講座・大展編號 22

1.	超意識覺醒法	詹蔚芬編譯	130 元
2.	護摩秘法與人生	劉名揚編譯	130 元
3.	秘法！超級仙術入門	陸明譯	150 元
4.	給地球人的訊息	柯素娥編著	150 元
5.	密教的神通力	劉名揚編著	130 元
6.	神秘奇妙的世界	平川陽一著	200 元
7.	地球文明的超革命	吳秋嬌譯	200 元
8.	力量石的秘密	吳秋嬌譯	180 元
9.	超能力的靈異世界	馬小莉譯	200 元
10.	逃離地球毀滅的命運	吳秋嬌譯	200 元
11.	宇宙與地球終結之謎	南山宏著	200 元
12.	驚世奇功揭秘	傅起鳳著	200 元
13.	啟發身心潛力心象訓練法	栗田昌裕著	180 元
14.	仙道術遁甲法	高藤聰一郎著	220 元
15.	神通力的秘密	中岡俊哉著	180 元
16.	仙人成仙術	高藤聰一郎著	200 元
17.	仙道符咒氣功法	高藤聰一郎著	220 元
18.	仙道風水術尋龍法	高藤聰一郎著	200 元
19.	仙道奇蹟超幻像	高藤聰一郎著	200 元
20.	仙道鍊金術房中法	高藤聰一郎著	200 元
21.	奇蹟超醫療治癒難病	深野一幸著	220 元
22.	揭開月球的神秘力量	超科學研究會	180 元
23.	西藏密教奧義	高藤聰一郎著	250 元
24.	改變你的夢術入門	高藤聰一郎著	250 元
25.	21 世紀拯救地球超技術	深野一幸著	250 元

・養 生 保 健・大展編號 23

1.	醫療養生氣功	黃孝寬著	250 元
2.	中國氣功圖譜	余功保著	250 元
3.	少林醫療氣功精粹	井玉蘭著	250 元
4.	龍形實用氣功	吳大才等著	220 元
5.	魚戲增視強身氣功	宮　嬰著	220 元
6.	嚴新氣功	前新培金著	250 元
7.	道家玄牝氣功	張　章著	200 元
8.	仙家秘傳袪病功	李遠國著	160 元
9.	少林十大健身功	秦慶豐著	180 元
10.	中國自控氣功	張明武著	250 元
11.	醫療防癌氣功	黃孝寬著	250 元
12.	醫療強身氣功	黃孝寬著	250 元
13.	醫療點穴氣功	黃孝寬著	250 元

14. 中國八卦如意功	趙維漢著	180 元
15. 正宗馬禮堂養氣功	馬禮堂著	420 元
16. 秘傳道家筋經內丹功	王慶餘著	300 元
17. 三元開慧功	辛桂林著	250 元
18. 防癌治癌新氣功	郭 林著	180 元
19. 禪定與佛家氣功修煉	劉天君著	200 元
20. 顛倒之術	梅自強著	360 元
21. 簡明氣功辭典	吳家駿編	360 元
22. 八卦三合功	張全亮著	230 元
23. 朱砂掌健身養生功	楊永著	250 元
24. 抗老功	陳九鶴著	230 元
25. 意氣按穴排濁自療法	黃啟運編著	250 元
26. 陳式太極拳養生功	陳正雷著	200 元
27. 健身祛病小功法	王培生著	200 元
28. 張式太極混元功	張春銘著	250 元
29. 中國璇密功	羅琴編著	250 元
30. 中國少林禪密功	齊飛龍著	200 元
31. 郭林新氣功	郭林新氣功研究所	400 元
32. 太極八卦之源與健身養生	鄭志鴻等著	280 元

・社會人智囊・大展編號 24

1. 糾紛談判術	清水增三著	160 元
2. 創造關鍵術	淺野八郎著	150 元
3. 觀人術	淺野八郎著	200 元
4. 應急詭辯術	廖英迪編著	160 元
5. 天才家學習術	木原武一著	160 元
6. 貓型狗式鑑人術	淺野八郎著	180 元
7. 逆轉運掌握術	淺野八郎著	180 元
8. 人際圓融術	澀谷昌三著	160 元
9. 解讀人心術	淺野八郎著	180 元
10. 與上司水乳交融術	秋元隆司著	180 元
11. 男女心態定律	小田晉著	180 元
12. 幽默說話術	林振輝編著	200 元
13. 人能信賴幾分	淺野八郎著	180 元
14. 我一定能成功	李玉瓊譯	180 元
15. 獻給青年的嘉言	陳蒼杰譯	180 元
16. 知人、知面、知其心	林振輝編著	180 元
17. 塑造堅強的個性	坂上肇著	180 元
18. 為自己而活	佐藤綾子著	180 元
19. 未來十年與愉快生活有約	船井幸雄著	180 元
20. 超級銷售話術	杜秀卿譯	180 元
21. 感性培育術	黃靜香編著	180 元
22. 公司新鮮人的禮儀規範	蔡媛惠譯	180 元

國家圖書館出版品預行編目資料

魔法人偶／江戶川亂步著；施聖茹譯
－－初版－臺北市，品冠文化，2002〔民91〕
面；21公分－－（少年偵探；17）
譯自：魔法人形
ISBN 957-468-167-X（精裝）

861.59　　　　　　91016383

版權仲介：京王文化事業有限公司

少年偵探17 **魔 法 人 偶** ISBN 957-468-167-X

著　　者／江戶川亂步
譯　　者／施　聖　茹
發 行 人／蔡　孟　甫
出 版 者／品冠文化出版社
社　　址／台北市北投區（石牌）致遠一路2段12巷1號
電　　話／(02) 28233123・28236031・28236033
傳　　真／(02) 28272069
郵政劃撥／19346241
E－mail／dah_jaan @yahoo.com.tw
登 記 證／北市建一字第227242號
區域經銷／千淞圖書有限公司
地　　址／台北縣泰山鄉楓江路86巷21號
電　　話／(02) 29007288
承 印 者／國順文具印刷行
裝　　訂／源太裝訂實業有限公司
排 版 者／千兵企業有限公司
初版1刷／2002年（民91年）12　月

~~定　價／300元~~
特　價／230元